U0909546

THE ROAD TO SCIENCE FICTION

科幻之路

⑰

地球的镜像

[美国] 詹姆斯·冈恩 编著
James Gunn

万年看客 等 译

译林出版社

图书在版编目（CIP）数据

地球的镜像 / （美） 詹姆斯·冈恩 （James Gunn） 编著 ; 万年看客等译. -- 南京 : 译林出版社, 2025. 1. (科幻之路). -- ISBN 978-7-5753-0431-3

Ⅰ. I14

中国国家版本馆CIP数据核字第20245H1J42号

The Road to Science Fiction
Copyright © 1979,1998,2002,2003 by James E. Gunn
Simplified Chinese translation copyright © 2024 by Yilin Press, Ltd
All rights reserved.

著作权合同登记号　图字：10-2023-21 号

地球的镜像　［美国］詹姆斯·冈恩 / 编著　万年看客 等 / 译

策　　划　姬少亭　李兆欣
统　　筹　吴莹莹
责任编辑　侯擎昊
翻译监制　东方木
装帧设计　孙逸桐
责任校对　王　敏
责任印制　闻媛媛

出版发行　译林出版社
地　　址　南京市湖南路 1 号 A 楼
邮　　箱　yilin@yilin.com
网　　址　www.yilin.com
市场热线　025-86633278
排　　版　南京展望文化发展有限公司
印　　刷　南京新世纪联盟印务有限公司
开　　本　880 毫米 × 1240 毫米　1/32
印　　张　6.125
插　　页　1
版　　次　2025 年 1 月第 1 版
印　　次　2025 年 1 月第 1 次印刷
书　　号　ISBN 978-7-5753-0431-3
定　　价　59.00 元

版权所有 · 侵权必究

译林版图书若有印装错误可向出版社调换。质量热线：025-83658316

目录

西班牙及拉丁美洲篇

说到科幻小说，西班牙和拉丁美洲的共同点并不仅仅在于语言：双方都以农业为主，工业化进程缓慢，以至于来自传统的影响更胜于产生变化的力量，因此在科幻小说中几乎找不到任何符合自身状况的内容。也许是因为受到了欧洲邻国的影响，西班牙还有一些早期的科幻小说经验，而拉美则比较孤立。毛里西奥-何塞·施瓦茨和布劳略·塔瓦雷斯在《科幻小说百科全书》中写道："虽然深受美英科幻的影响，但拉丁美洲的现代科幻也受到了印第安人时代以及殖民时代的幻想传统的影响，在某些情况下还受到了刻意背离英语世界传统的主观决定的影响。"拉美对科幻与奇幻（以及文学本身）的主要贡献在于"魔幻现实主义"（magic realism）。

西班牙内战（1936—1939）以及从内战结束一直延续到1975年的弗朗西斯科·佛朗哥保守政权一度致使西班牙与欧洲其他国家之间隔阂渐深。内战前的西班牙有一本早期科幻杂志《科学小说文库》（*Biblioteca Novelesco-Científica*，1921—1923），总共发行了10期，每期都刊登了伊格诺图斯上校（本名何塞·德埃洛拉）（Coronel

Ignotus / José de Elola）的长篇小说，都是些“老式的推想与幻想小说”。该期刊的其他作者包括弗雷德里克·普胡拉、埃利亚斯·塞尔达和多明戈·本塔略。

现代科幻通过阿根廷发行的杂志《更远》（*Más allá*，1953—1957）及其出版方米诺陶洛出版社（Minotauro）传入了西班牙。西班牙出版商几乎马上就创办了“未来”（Futuro）和“太空战士”（Luchadores del Espacio）系列丛书以及第一家专门的科幻出版社“星云”（Nebulae）。米格尔·巴尔塞洛·加西亚（Miquel Barceló García）和马克西姆·雅库博夫斯基在《科幻小说百科全书》中估计，从那时起西班牙出版了大约 1 300 种科幻书籍，其中约有 50 种是西班牙作者的作品，其余作品都是译自英文。

20 世纪 60 年代创刊的杂志《期望》（*Anticipación*，1966—1967）是富有影响力的杂志《新维度》（*Nueva Dimensión*，1968—1983）的前身，后者由塞巴斯蒂安·马丁内斯、多明戈·桑托斯和路易斯·比希尔担纲主编。桑托斯（本名佩德罗·多明戈·穆蒂诺）（Domingo Santos / Pedro Domingo Mutiñó）被认为是“当代主要的西班牙科幻作家”。他写过长篇小说，但他最好的作品是短篇小说，例如《陨石》（“Meteoritos”，1965）、《不完美的未来》（“Futuro Imperfecto”，1981）和《离地球不远》（“No Lejos de la Tierra”，1986）。其他作家包括加布里埃尔·贝穆德斯·卡斯蒂略、卡洛斯·塞伊斯·希东查，以及最近的埃利娅·巴塞洛、拉斐尔·马林·特雷切拉、哈维尔·雷达尔、胡安·米格尔·阿吉莱拉和安赫尔·托雷斯·克萨达。

西班牙科幻前途光明的原因之一在于加泰罗尼亚理工大学为最佳中篇科幻小说奖提供了丰厚的奖金，该奖项向所有语言的参赛作品开放，由此为西班牙引介了许多著名作家。原因之二在于科幻大会的复兴。1990 年，巴尔塞洛出版了一本关于西班牙科幻的书《科幻：阅读指南》（*Ciencia Ficción: Guía de Lectura*）。

至于在拉丁美洲，施瓦茨和塔瓦雷斯评论道："出版商们还没有开发出科幻作品的商业潜力……科幻小说种类相对较少，往往以短篇小说的形式出现……作者通常是社会科学家或职业作家，只有极少数人来自硬科学的行列……由于南美大陆拿不出多少科技成果，但同时却是技术进步的消费者（有时也是受害者），这里的科幻更加注重强调进步的社会代价、经济代价与政治代价。阿根廷评论家、作家克劳迪奥·奥马尔·诺盖洛尔（Claudio Omar Noguerol）曾写道："盎格鲁-撒克逊科幻（即英美科幻）通过盎格鲁-撒克逊人的所思所感进行探索，拉美科幻则通过只有熟谙拉丁美洲动荡的人才能做到的方式进行探索。"这里所指的动荡有一部分源于政治。在当时的情况下，科幻有时是唯一可用的社会批评媒介。然而，所有这些差异因素都意味着很少有西班牙文或葡萄牙文的科幻作品被翻译成英文。

在阿根廷，最早出现的科幻杂志是《更远》（1953—1957），之后还有存在时间很短的《科幻奇幻杂志》（*Revistas de Ciencia Ficción y Fantasía*，1977），再后来又有了《秒差距》（*Parsec*）、《米诺陶洛》（*Minotauro*）以及一些科幻爱好者杂志，此外还创立了阿根廷科幻奇幻协会（Círculo Argentino de Ciencia Ficción y Fantasía）。最著名的作者有阿道夫·比奥伊·卡萨雷斯、安赫莉卡·格罗迪斯彻、爱德华多·戈里戈尔斯基、卡洛斯·加迪尼、马格达莱纳·穆翰·奥塔尼奥、埃米利奥·罗德里格、阿尔贝托·巴纳斯科、达尼尔·巴比埃里、马夏尔·苏托和塞尔吉奥·高特维尔·哈特曼。当然，还有豪尔赫·路易斯·博尔赫斯（Jorge Luis Borges）。

古巴科幻作家包括安赫尔·阿兰戈（Ángel Arango）、米格尔·科亚索（Miguel Collazo）和达伊娜·查比亚诺（Daína Chaviano）。在墨西哥，宗教裁判所曾在18世纪指控方济各会修士作家曼努埃尔·安东尼奥·德·里瓦斯（Manuel Antonio de Rivas）是异端，罪名之一就是他创作了一篇奇幻之旅的故事。现代科幻小说在20世纪60年代传入墨西哥，催生了一份存在时间不长的科幻杂志《时空领航员》（*Crononauta*），以及马努·多恩比尔雷、玛莉亚·埃比拉·贝穆德斯、多玛斯·莫哈罗、马塞拉·德尔里约和阿古斯丁·科尔特斯·加比尼奥等作家。还有几位主流作家也创作过科幻作品，包括卡洛斯·富恩特斯（Carlos Fuentes）。

由于使用葡萄牙语，巴西在一定程度上与拉美其他国家较为疏远。巴西的早期主流文学作品曾经加入过些许讽刺与科幻元素，之后，热罗尼穆·蒙泰鲁（Jerônimo Monteiro）在20世纪30年代以一套类似科幻的侦探广播系列剧将美式科幻带到了巴西，后来又用罗尼·威尔斯（Ronnie Wells）这一笔名将其改编成了系列短篇小说。此外他还成立了巴西科幻协会，并为巴西版*F&SF*，即《科幻小说杂志》（*Magazine de Ficção Científica*）担纲了一年编辑。古梅辛督·霍夏·多雷亚（Gumercindo Rocha Dorea）在20世纪60年代被称为"巴西的坎贝尔"，当时他创办了以他名字的首字母命名的GRD出版社，并且交替出版了一批美国科幻译本与巴西本土作品。阿尔瓦卢·马利耶卢斯（Álvaro Malheiros）则主办了另一家出版社EdArt。巴西科幻作家包括蒂娜·希尔薇拉·德凯罗斯、安德烈·卡内罗、胡本斯·T. 斯卡沃尼和法乌斯图·库尼亚。此外1969年与国际电影节联合举办的经典科幻研讨会也为巴西科幻界带来了重大的国际影响。该研讨会将许多英文科幻界的重要人物带到了里约热内卢。

根据施瓦茨和塔瓦雷斯的列举，拉美地区还有以下几位值得一提的科幻作家：智利有爱德华多·巴雷多、雨果·科雷亚，以及安托万·蒙塔涅；哥伦比亚有安东尼奥·莫拉·贝雷斯、阿尔贝托·加维利亚·科罗纳多，以及马里奥·洛佩拉；哥斯达黎加有阿尔贝托·卡尼亚斯；厄瓜多尔有阿伏栋·乌维蒂亚；萨尔瓦多共和国有阿尔瓦罗·梅讷恩·德斯里亚尔；秘鲁有何塞·B. 阿道夫；多米尼加共和国[1]有胡安·波什；乌拉圭有萨乌尔·伊巴戈坚、卡洛斯·玛莉亚·费德里希、埃尔维奥·E. 甘多尔夫和马里奥·莱夫雷罗；委内瑞拉有路易斯·布里托·加西亚、佩德罗·贝洛埃塔、大卫·阿利索、伊莲娜·戈麦斯和阿曼多·何塞·瑟盖拉。

不过，关于拉丁美洲文学最值得一提的事实或许还得算魔幻现实主义。期刊《魔幻现实主义》（*Magic Realism*）将这一术语的起源归功于一位名叫弗朗茨·罗（Franz Roh）的德国艺术评论家，他使用这一术语来形容某种特定的现实主义艺术，即以前所未见的视角观察普通的日常物体，从而将其浸染一层魔幻色彩。当罗的文章被翻译成西班牙文之后，这个词开始应用在了文学领域，1948 年又具体到了拉美文学。学者安赫尔·弗洛雷斯（Ángel Flores）于 1955 年在《西班牙》（*Hispania*）杂志上发表文章，普及了这一术语。

大卫·杨在他与基思·霍拉曼合著的选集《魔幻现实主义小说》（*Magical Realist Fiction*）的序言中写道："理解'魔幻现实主义'的方式之一是将其视作针对'现实主义'的善意玩笑。魔幻现实主义创造了一类全新的小说，旨在针对现实主义的局促假设发起反动。说到'魔幻'，我们通常会想到神话、民间故事、无稽之谈以及藏在我们每个人内心深处的那个特别喜欢让此类叙事施展魔咒的小家伙——或许它正是我们童年时代的自我——即使这些叙事听起来完全不可思议。魔幻现实主义小说则暗示我们，可以将现实主义

1. 原文为圣多明各，多米尼加共和国的首都。原作者误用首都代替国家。

的‘真实性’以及‘可验证性’与综上所述的‘魔幻’效果相结合，形成某种奇异的混血儿。”

杨指的是文化或文明的大规模碰撞，一方是与魔法关系密切的“原始”文化或文明，另一方则是“开化的”“大抵立足于现实的”。换句话说，魔幻现实主义与其说挑战了现实主义，不如说挑战了“实证主义思想的基本假设，也就是令现实主义文学得以发扬光大的土壤”。杨推测这可能是魔幻现实主义在拉丁美洲蓬勃发展的原因，因为“土著文化与殖民文化在这里……一次又一次地碰撞……原始文化与现代文化至今仍在此地耳鬓厮磨地共存”。他还指出，“现代文明在文明之外的人看来也很魔幻”。

杨写道，与其他类型的故事不同，魔幻现实主义拒绝为它所描写的现象给出“合理的”解释。“当然，当我们读到一个故事时肯定知道，总体来说这故事是虚构的。但我们大多数人哪怕进入一个虚幻的迷宫，也依然希望能牵着一根带领我们走出迷宫的细线。科幻故事中的细线告诉我们，科学终将能够解释宇宙可能摆在我们面前的一切事物，我们所面临的挑战是如何去证实。鬼故事中的细线告诉我们，人们常常相信鬼魂的存在，我们要是暂时搁置一下不信鬼神的理念，将会很有趣。”有时，故事的情节“与宗教信仰的传统体系有关”。魔幻现实主义也对心理学解释产生抗拒。

尽管魔幻现实主义似乎与科幻小说的立场不一致［大卫·G. 哈特韦尔在《纽约科幻评论》(*The New York Review of Science Fiction*)中指出，虽然魔幻现实主义文学可能看似奇幻，但并不属于奇幻类型］，不过却往往会导致类似的效果——或许是因为两者都涉及事物存在的惊异感，也都会在现实范围内延伸想象力。两者都将幻想与现实相结合：科幻小说将幻想——太空飞行、时间旅行、物种和宇宙的演化——视为日常现象，魔幻现实主义则在日常存在中发现神奇。科幻小说并不总会将陌生的事物熟悉化，有时也会将熟悉的事物陌生化。这种做法往往与魔幻现实主义非常相似。

在这个过程中，魔幻现实主义为科幻小说作家们提供了新的可能性，吉恩·沃尔夫、迈克尔·斯万维克、特里·比森等作家，也包括他们的读者在内，都因此而大受裨益。

（万年看客　译）

此处有虎[1]

《新维度》杂志在发行期间（1968—1983）创办了年度最佳科幻短篇故事奖。1977 年，该奖项颁给了特蕾莎·英格列斯（Teresa Inglés）的《雪花石膏园》（"The Alabaster Garden"）。人们对于英格列斯知之甚少。马克西姆·雅库博夫斯基翻译了她的故事，并且收录进了他的欧洲科幻小说选集《驶向 ε 星》。他说她是一位女权主义记者，也曾是芭蕾舞演员，目前住在巴塞罗那。

（万年看客　译）

1. 标题原文为 *Here There Be Tygers*。"tyger" 语出 18 世纪英国著名诗人威廉·布莱克的诗作《虎》（*The Tyger*）。"tyger" 作为 "tiger" 的变形，表明了作者并非歌颂 "虎" 本身，而是用 "tyger" 隐喻进步和变革的伟大力量；而 "此处有虎" 的句式，化用了 "此处有龙" 的典故，即中世纪时期在地图上用以标明此地未被探索的句子。故本文标题的含义是：（西班牙）在科幻地图上尚未被探索，但蕴含（科幻）进步和变革的力量。

雪花石膏园

［西班牙］特蕾莎·英格列斯 著

［英国］马克西姆·雅库博夫斯基 英译

……但是我们这些孤独的旅行者非常清楚，人类是多么虚荣，以为自己已经征服了宇宙。

我们在两个港口之间建立了一条摇摆不定的泡沫之路，我们自称是海洋的主人。

我们用金属双轨把两条海岸线连接在一起，我们以为自己拥有大陆。

我们在亚马孙黑色的皮肤上开辟了一条薄薄的柏油路，我们假装自己已经征服了原始森林。

但我们所能做到的就是像蜘蛛一样，沿着预制的线移动：沥青线、金属线、海图与航空图上的墨水线。无聊在我们的大脑中沿着神经线路移动。这些贫瘠的图表无法展现景色的丰富与无垠，让一切都变成了由某个官僚所撰写的、粗糙无趣的剧本。

是时候绘制空间图了：在一维的太阳系地图上只有可怜的100条直线，在三维模型上只有19条单独的虚线，它们代表着银河系的一小块区域（我们已经探索过的）。

在这些线条之外，就像古老的羊皮纸地图一样，是一片看不见的虚空，充满了未知的恐怖。此处有虎[1]。

19 条单独的线；总有一天，会有 20 条……

手稿读到这里，我抬起眼睛，端详了一下坐在我面前的这个人：奥拉姆·杜马，大约 40 岁，瘦高个儿，面容俊朗，是著名的生物学家和考古学家，最重要的是，他是已故的里格尔·瓦兹的密友。

“这是什么意思，19 条，很快就会有 20 条？”我问他。

“字面意思，”他苦笑着回答，“有一条 20 世纪的超空间航线，航行图上没有标明。”

“关于这条路线你还知道什么？你能告诉……”

“我可以告诉你。”他礼貌地打断我的话，“我是否有确凿的证据，这是不是一个疯老头胡编的故事，你是不是想问这些？”

“你知道我很欣赏瓦兹，”我反驳道，“实际上，这不正是你来找我的原因吗……”

“只是原因之一。还因为，你是个备受赞誉的宇航员。”

“谢谢。我非常尊敬你与瓦兹的精神伙伴关系，但我希望看到一些更具体的证据。”

“你知道那首叫作《雪花石膏园》的诗吗？”他问我，似乎在转移话题。

“每一个爱诗的人都知道。”我回答道。我背诵了著名的第一节：

时间是你的王国，
穿梭如影梦境，

1. 原文“Hint sunc tigres.”是拉丁语，化用了在地图上表示某区域未被探索的常用语“此处有龙”。

静止的花园，

玫瑰生长不息……

“很好。”杜马说，“在瓦兹去世的前几天，我最后一次见到他，当时我们正在谈论《雪花石膏园》。当我问他这首诗的象征意义，还有其中所使用的隐喻，他回答道：‘那些不是隐喻，奥拉姆。雪花石膏园确实存在。我去过那儿，这首诗只不过是对那里的拙劣描写罢了。’”

“对不起，我不想显得多疑，瓦兹是一个有远见的天才，但他诗歌中耐人寻味的语句不能被视为无可辩驳的证据；他年纪大了，几乎快要走到生命尽头……”

“我就是这么想的，我的朋友。”杜马打断了我的话，突然变得异常兴奋，“这就是为什么我没有特别重视他说的话。但当瓦兹去世时，我已经被指定为他的遗嘱执行人，我在他的笔记中看到‘静止的花园’或‘雪花石膏园’反复出现。最重要的是，我发现了瓦兹到达那里所使用的超空间路线数据。”

如果杜马是想给我留下深刻的印象，他现在成功了。“但这说不通啊！”我抗议道，“如果瓦兹真的到过什么地方，他为什么不把相关数据传送给航天部？你肯定知道，现有的5条超空间航线，以及许多星际航线，都是由独立运营商发现并绘制的，航天部一直对我们的活动和研究非常感兴趣。”

“是的，”他轻蔑地回答，“傻瓜也可能是有用的，请原谅我下面刻薄的发言：那些冒着巨大风险尝试超空间跃迁的疯子，至少可以说是被他们自己的热情和薄弱的天文知识这两个相互矛盾的东西所控制。所以，久而久之，疯子们跨越时空实现了自己的梦想，而官方航天科学也获得了一条条新的路线。这样表达如何？”

“好吧，好吧。我没必要相信航天部的机会主义政策。事实上旅行家和独立运营商已经探索到了超出目标 1 光年以上的地方，而航天部一如既往地吝啬，始终没有偿还这些费用。根据你的说法，瓦兹登上了一颗未被发现的行星。但是，如果是这样的话，为什么航天部没有地图呢？为什么直到瓦兹死去，他一直保守着这个秘密？那么，是什么导致了他的奇怪行为？”

“他没有保守秘密。我这儿有一份他给航天部的报告。”杜马回答说，指了指他两膝上的那本闪光的文件夹，现在我手中的手稿就是早先他从里面拿出来的。

“然后……”

“然后，按照处理这类案件的常规程序，该部门调查了瓦兹提供的这颗行星的星体坐标，发现太空中该坐标对应的位置压根儿什么都没有。航天部表示，瓦兹发现的只是一片巨大的空白，随之而来的失望使他产生了一系列补偿性的幻想，这在很大程度上受到了他诗人气质的影响。他们说瓦兹梦见自己发现了一个美丽的世界，并为他们提供了不存在的坐标，那个坐标只是他梦到的。”

“我必须承认，”我谨慎地说，“这个推断并不过分。他不是第一个在太空中产生幻觉的人。还有想象力更贫乏的男人报告说，他们曾看到半裸的女巫在大象的翅膀上跳舞……”

“我了解，”杜马说，“我不否认这可能是幻觉。但我很了解瓦兹，坦白来说，我相信他神志清醒，所以我愿意亲自重走一遍。”

“但如果计算结果表明，瓦兹所说的坐标点上什么都没有……”

“我们的仪器无法探测到 40 光年之外的任何物体，而 40 光年正是我们与这颗行星之间的距离。对航天部的笨蛋来说，这相当于宇宙深渊。但是，对我来说不是，我希望对你来说也一样。”

“所以你认为我们可能是在谈论一个不可见的恒星系？”

“当然。如果你不介意通读一下你手里的笔记，以及我手头的其他文件，你会发现瓦兹发现的行星围绕着一个中心太阳公转，比我们的太阳稍微冷一点。一颗红色的恒星……”

“但那是不可能的！”我叫道，“我们的仪器在40光年之外不可能探测不到这样的恒星。”

“这件事难道不会让整个探险变得更加有趣吗？”他回答道，轻轻耸了耸肩，表示鼓励，“如果真的有这样一颗太阳，它既证实了瓦兹的说法，又躲过了探测，找出其中的原因不是很有趣吗？你不这样认为吗？”

里格尔·瓦兹是他那个时代最伟大的诗人之一，也是最著名的独立旅行家之一。

宇航员诗人，一代梦想家的年轻偶像，尤其是一群像我这样的疯子，将我们的命运和生命塞进狭小而脆弱的宇宙飞船。

但是，瓦兹不仅是一位诗人和宇航员，他还是一位密码学家和考古学家，就像他的朋友奥拉姆·杜马一样，奥拉姆·杜马是一位孜孜不倦的侦探，他对档案和图书馆的探索热情丝毫不亚于对银河系深处的好奇。

而且，显而易见，瓦兹并不是随意地踏上他最后的探险之旅，而是受到一系列神秘资料引导，这些都是他在一些古老文献中偶然发现的。事实证明，杜马不可能完整地重现瓦兹的全部调查，也不可能确定他的资料来源，但毫无疑问，选择路线不仅是宇航员的工作，也是考古学家的工作。

这其中隐含的内容足以令人惊叹。超空间旅行仍处于起步阶段，充满了理论上的未知。当你跃迁时，如果你仅仅遵循幸存者的既定路线，只能到达一个预定的地点，因此，人们经常随机绘制路线。只有通过这样的实验，一个勉强值得信赖的超空间航线网络才得以建立起来。一条由点组成的虚线，每一个点代表着在宇宙中的短暂飞行，每一个空隙代表着在未知空间中不可思议的跃迁。瓦兹可能是在一些古老的文献中偶然发现了一些参考资料，这些资料使他能够画出一条新的超空间之路，这不仅令人惊奇，而且令人敬畏。

不论瓦兹此番行为的起源多么令人兴奋，真正最让我们感兴趣的是他的最终目标，如果真的有这样一个目标的话。因此，在第一次相遇的几个月后，我和杜马迅速建立了友谊，一起登上了我那吱吱作响的宇宙飞船"小叮当"，准备按照瓦兹的路线进行第一次超空间跃迁。

"至少，"我说，"我们不用冒着撞向新星的危险。对我们来说，最坏的结果就是我们在太空中发现了一个洞——和我们口袋里的洞一样大！"

"这肯定是一个革命性的发现，"杜马笑着说，"你也知道，自然界中不存在完全的虚空……"

还剩下一次跃迁，附近只有一颗恒星。

在一片寂静中，我们完成了所有的例行检查，回到座位上准备最后一跳。

"你的遮光板准备好了吗，杜马？"我问，然后拉了开关。

"没必要，别忘了那只是一颗红巨星。"他回答，试图露出一丝微笑。但是他的声音并没有掩饰住他显而易见的紧张。我自己也没有平静下来。

"我们走吧。"我说。

超时空跃迁时，嗡嗡声如影随形般游走在我们的潜意识中，当那声音停止，表明我们又回到了正常的空间，我们就像自动烤面包机里的面包片一样从座位上跳了起来。

"跟我们的口袋一样空。"我从嗓子里挤出几句话，"嗯，我想航天部的家伙们有时候是对的。”

杜马并没有表现出明显的不安，这让我很吃惊。为了解答我的疑问，他说：

“我们还没有失败，兰。如果有什么东西阻止了一颗红巨星在40光年之外被探测到，那么同样的原理也就说得通了，甚至在几亿公里以外的地方也适用。你应该比我更清楚，在超空间旅行中，大多有接近1光时的误差……如果瓦兹说的那颗星存在——虽然我仍然没法确定它是存在的——那么它周围一定有某种障碍，限制着它的一切辐射……”

“但是，离恒星这么近，”我反驳道，“那必须是一种能把整个星系包围起来的屏障，一种围绕着它的……壳层……”

“为什么不呢？一个巨大的星蛋，红星代表蛋黄。”

这种可能性让我不寒而栗。我们先前推测，阻止瓦兹的恒星在太阳系被探测到的原因可能是一个巨大的宇宙尘埃云团，或者是某种位于两个星系之间的自然障碍。但是像杜马所说的障碍，更像是一个为某种目的而特别设置的人为障碍，要是有人有能力做到这些事情，那是相当令人生畏的。

“知道吗？”我说，“如果我们发现它就和看起来一样空空如也，我会更开心点。”

“无论如何，我们很快就会知道真相。”他说，“如果能延伸到这里，屏障的尺寸一定非常大。我们要搞清楚，如果屏障位于太阳系与我们之间，我们就无法看到太阳系。但如果我们的飞船正停在屏障和太阳系之间，我们在这部分空间里就看不到地图上的大部分星星，这就证明这部分空间的一个特定区域被屏障遮住了，让我们看不到屏障后的一切。现在，如果在太阳系和小叮当之间绘制一条线，这条线没有穿过屏障，那么，我们的线不是高于或低于它（以太阳系为最低点），就是……在它旁边。我们必须把数据输入计算机，让计算机来确定恒星的分布，我们应该能够从其中识别出可能与我们实际看到的不符之处。如果我们理论上应该探测到的任何一颗恒星在我们的全景图中消失了，那么我们就知道该去哪里了。”

“感谢你的天文学课，”我说，“但我以为我才是这次探险的宇航员。”

并没有什么“高于”或“低于”我们。但是，经过长时间的吱吱声和嘟嘟声，计算机发现了理论恒星分布和可见恒星分布之间的差异。

“我们必须记住一件事，”杜马紧张地说，明显在努力克制自己的兴奋，“我们不能排除瓦兹直接从超空间进入屏障的可能性。如果是这样的话，他就没有必要像我们一样穿过它了。据我们所知，这个屏障似乎阻止了电磁辐射的渗出。很可能那也是通行的一种方式，屏障是透明的……在这种情况下，我们也无法知道固态物体是否能通过。”

“我们可以先送一个探测器过去。”我建议道。

“是的，当然，但这并不能证明什么……除非它不能成功地穿过恒星的屏障，这样的话，我们就知道我们也不能通过。如果探测器穿过屏障，我们应该能够监测它的信号，这样我们就能知道它是否发生了什么变化。我们可能需要给探测器编程，而且……”

“等一下！”我打断了他，“有两种可能：一种是瓦兹在最后一跃时，重新落到了屏障外面——像我们之前那样——在这种情况下，他必须设法穿过屏障，这样的话就说明屏障是无碍的；另一种是他落到了屏障里面，这表明屏障是不透明的——因为如果不是这样，他怎么能发现他在纸上写出的恒星坐标呢？所以，如果这个屏障允许电磁波在内部和外部之间移动，我们也应该能够接收信号。”

“谢谢你教我基本逻辑。”轮到他讽刺了，“但我以为我才是这次探险的科学家。你说得很对，我想我们很快就会有确凿的证据。然而，这并不能涵盖所有的可能性。假设探测器不返回。我们该怪谁呢？屏障还是别的什么？”

探测器穿过了屏障。或者说，至少从我们的视线中消失了。但它没有回来。

“很好，至少我们没把自己炸成碎片。”我说，“这是一种解脱。”

杜马一直盯着我看。他看起来很紧张。最后，他说：

“你是宇航员，兰。我不能强迫你这么做，我不能施加任何压力……”

“每次我乘上这艘破船到太空去探险，”我打断他的话，“我都是冒着生命的危险，而且我是为了许多比这儿的东西更乏味的东西去冒险的。你可能觉得到此为止也没什么，但我不会放弃去看看另一边的样子，就这么返回的。”

黎明时分，有一颗像太阳一样红彤彤的恒星出现了，还有一颗孤独的行星懒洋洋地依照轨道环绕着它。这颗行星有可呼吸的大气层，重力略低于地球，虽然它不太自转。它看似缓慢的自转实际上是源于它围绕恒星的奇怪轨道，恒星在行星的天空中位置变化很大：这个行星的一天和一年的时间长度是一样的——事实上，它们就是同样的东西——相当于 10 个地球年。

“五年前，瓦兹曾来过这里，”杜马说着，环顾了一下四周，尽管在这片红色沙漠里几乎看不见什么东西，“而且，在他所有的笔记中，他都把雪花石膏园置于一片朦胧之中。”

“依照他的说法，”我说，“我们很快就会找到花园……如果花园真的存在的话。”

“的确。”

“那么，我们是不是应该往看起来朦胧的地方走呢？”我问，“我受够了这些沙子。”

这是一个残酷的悖论：这个星球与地球如此相似，可放眼望去，不过是一片没有风、没有云、没有水的荒漠……只有沙子静止不动，红色的天空静止不动，太阳静止不动。

在我们真正看到它之前，我们就已经感觉到它的存在，它是沙漠单调景观中一点小小的不同：沙漠世界中形状各异的绿洲。

当我们最终到达那里时，我们很快就明白了为什么里格尔·瓦兹——那个时代最伟大的诗人之一——在他最后一次太空旅行后如此崩溃……而人们又为什么认为他疯了。

那真是一座雪花石膏的花园。而且，毫无疑问，尽管它很陌生，但它也是一个适宜人类生存的花园。0.8 G 的重力，可呼吸的空气，平均温度 20 摄氏度……这些巧合是如此让人难以置信，但它们确实有可能仅仅是巧合。但这座花园，一定不是巧合。

这是一个玫瑰园。一个奇妙的石化玫瑰园，在那里，静止不动的雪花石膏花冠被静止不动的晨光照耀着。

当我们走进花园时，一种奇怪的睡意袭来，一种强烈的忧郁感……还有内心的平静。虽然我从来都不是一个好斗的人，但在那一刻，我甚至连一只准备蜇我的蜜蜂都赶不走。

然而没有蜜蜂飞来品尝雪花石膏园中的玫瑰。

只有一次，在我们梦游般的漫步中，我碰了碰一朵花来确定它的存在。从远处看它们时，我在脑海中觉得我们可以挑选一些样本进行分析。但一走进花园，我就觉得无法扰乱这个美丽世界的自然秩序。

我想，在正常情况下，我会吓得尖叫。

但当我发现这尊雕像时，我被这种奇怪的、舒缓的睡意迷住了，我只是站在那里惊奇地看着它，仿佛是一个魔咒的俘虏。我甚至不能和杜马说话，尽管他也一样不可置信地站在我身边，看着那不可思议的景象。

这尊雕像和它所在的花园一样精巧，展现的是一个一丝不挂的裸体女人，双腿交叉站在一个白色的底座上，旁边是一片死水（这是我们在这个星球上第一次看到水）。她闭着眼睛，双臂微微地离开身体，掌心朝向太阳。

时间是你的王国，
穿梭如影梦境，
静止的花园，
玫瑰生长不息……

我们没有碰她，甚至不敢接近她。我们被她迷住了，在相当长的一段时间里，我们继续欣赏着她，两人屏气凝神。最后，我们一言不发地走开了。我们还没来得及对话，就又上了飞船。

“我想我不应该自己离开，把你一个人留在这儿。”

“理智点，兰，这是我们唯一能做的事。这里有某种未知的力量在起作用，控制着我们的意志……我们还能做什么呢？到目前为止，这股力量还只是阻止我们触碰花园中的东西……如果我们继续待在这里，它可能会毁了我们。我们不能一起冒这个险。如果你现在离开，及时回来，你可能会在家里发现一些东西，比如能解答这一切的关键线索。”

“即便如此，我们至少也要抽签决定谁留下来。”

“兰，你是这次探险的宇航员，而我是科学家。让宇航员去处理飞船的问题，让科学家负责我们即将在这里开展的实验……这不是更合乎逻辑吗？”

这更合乎逻辑，所以我把杜马留下，把他的有机合成器和所有必要的科学仪器放在一个充气帐篷下，离雪花石膏园大约30米远，然后回到了地球。

我在杜马的房子里安顿下来，忙着仔细检查瓦兹的笔记，想找到点什么东西，或许能帮助我弄清这颗距我们40光年之遥的神秘星球和人类历史之间的关系。

但是瓦兹的笔记还远未完成。它们似乎被故意弄得残缺不全，以防止任何人准确地重走这段让他有了这一奇妙发现的考古探索之路。

耐心的缺乏和对杜马的担忧弄得我心力交瘁。那股奇异的力量让他消失了吗？还是把他逼疯了，在他内心深处不停地催促他逃跑？

杜马要求我离开一年，他坚持认为时间再短的话，对他的实验来说是不够的。然而，我立刻拒绝了离开这么久，后来我们很快就确定了六个月。不管怎么说，我得需要些时间才能筹集到足够的资金来进行第二次旅行，因为我们已经决定尽量不去求助航天部（而且，他们也不太可能听我的）。

那是我人生中最漫长的六个月。

我们第一次发现的那座雪花石膏园，它原本处在朦胧之中，现在被红日完全照亮了。那里的一天相当于地球上的十年，地球上的六个月只相当于不到一小时，可无疑已足够花园中的黎明变成早晨了。

杜马没像约定的那样在帐篷里等我，我也没有找到任何实验信息。一个糟糕的开始。我手足无措。

他也没有回应我越过屏障时发出的信号。所以，当我走向花园时，心里充满了恐惧。

我没有特别担心自己的安全，一部分原因是我太担心杜马，另一部分原因是，即使他被杀了，也不是在我刚离开的时候。实验室里有十分明显的、长时间活动的痕迹。

尽管我鼓起勇气走进了花园，但我对所看到的一切却毫无准备。

这里不只有一尊雕像，而是两尊。在那个女人的旁边，有一个男人的雕像，他一动不动地站在基座上，在写着什么。这是杜马。不是一个以他为原型塑造的雕塑，那就是被石化了的杜马。我能认出他的手表和破旧的衣服。

我必须做出超越常人的努力来克服我对这个地方的恐惧，但我终于设法靠近了我曾经的朋友——奥拉姆·杜马的雕像，泪眼朦胧地越过他的肩膀，盯着他放在雕像底座上的笔记本。

他打算在新的一页上写些什么，只有四个字：兰，我很好。

铅笔仍然靠在那张纸上，就在最后一个字母写完的时候，铅笔动也不动了。他的僵硬似乎让他感到意外，而就在此时，命运的讽刺转折让他给我留下了安慰的话语。

就在此时，我完全明白了这个美丽但可怕的地方的重要性。某个邪恶而强大的存在，在这个宇宙的角落里，至少是在某种实验里，把自身变成了一个可恶的游乐场。那个女人的雕像很可能是一个几百年前被它从地球上绑架回来的女孩，它把她变成了一尊雕像，用来装饰它那巨大的花园。这一定是瓦兹在搜寻有关花园的建造者（或建造者们？）造访地球的古老文献时发现的一部分线索。

它为什么没有立即抓住杜马和我，它的动机有理可循，抑或仅仅是一种疯狂？在目前的情况下，我并没有太担心。也许这一切都是某种复杂的仪式，包括用这种特殊的方式困住它的受害者，就像一个专业的渔夫会用一根钓竿而不是吸盘那样。我现在完全清醒了。目前我最关心的是我最好的朋友已经变成了一尊雪花石膏雕像。

控制这个地方的奇怪力量正试图让我冷静下来，并建议我离开，但我已经做好面对它的准备，我的心里充满了野蛮的愤怒。我像着了魔一样在这寂静的神殿中尖叫着，扑向华丽的玫瑰花丛，开始随意地毁坏那些精致的花朵，而先前，我甚至不敢碰它们。僵硬的花瓣散落在我周围的地面上，疯狂地跳动着，在清晨静止的红光中，像鲑鱼的鱼鳞一样闪闪发光。

但这股精神力量很快就压制住了我的愤怒，征服了我。加强我的负罪感，让我觉得是我让杜马在这个美丽的地狱变成了现在的样子（我也在害怕落得和杜马一样的下场），我现在感到一种无法抑制的冲动，我要逃走或者更加接近疯狂。

当我恢复知觉，再次意识到自己在做什么的时候，我又一次进入了太空。

我从雪花石膏园逃走已经四年了。四年来，我一直在努力克服这次可怕的经历。

我亲自去通知了航天部，但当我准备讲述整件事时，我的脑子仿佛受到重击，他们不得不把我关了几天。航天部的技术人员得出结论，在瓦兹路线的某个地方可能有影响大脑的辐射带。因此，现在获得官方帮助的可能性比之前更加渺茫。

我曾多次想回到那里，但直到现在我都没有搞清楚那股力量究竟是什么。有时候，它不仅仅是害怕，而是一种真正的恐惧；有时候，它是一种更微妙的东西，就像花园的建造者或某种精神上的主宰在我的脑子里植入的一种持久的恐惧：正是这种力量阻止了瓦兹重复他的旅程，让他撕毁了他的笔记。一个有名望的人可以依靠公众影响力，很容易地找到富有的赞助人，为他资助一个装备齐全的探险队；但是，在向航天部提交了一份不连贯的、非常片面的报告之后，他放弃了这个项目。只有通过诗歌的力量，他才能谈到雪花石膏园，直到他去世的那一天，他一直在说这个花园是真实的。

但是，不管是什么在拖我的后腿，我还是设法克服了它。

我不需要像前两次那样跨越屏障：在最后一次跃迁之后，我发现自己置身于巨大屏障和瓦兹星球之间的正常空间。

在这颗星球上，沙漠里的沙粒在过去的四年里似乎没有一点变化。但是，今天，这个雪花石膏园坐落在黄昏的地带，就是瓦兹第一次发现它的地方。

当我看到充气帐篷时，我屏住了呼吸。在它银色的表面上，用红色的大字写着：欢迎你，兰。

我走了进去。我还能做什么呢？如果这是花园主人设计的一个聪明的陷阱，那又怎样呢？不管怎样，我始终在他们的支配之下。

但这不是陷阱。

在杜马的书桌上，我发现了他的笔记本，就是他被石化时抓着的那本。我认出了开头的几个字；那时候他已经写过的几个字："兰，我很好"，但这一次，语句没有到此停止。

我的腿在发抖。我在椅子上坐下，读了起来：

兰，我很好。

亲爱的兰，你刚刚离开，我没有足够的时间为你写出一个满意的答案。你看到的只是第一行，我知道这不会有多大帮助。但我知道你一定会回来，所以我现在写下这些话时，心里很平静。

那女人还活着，兰。她不是雕像。在我们看来她是，因为她的时间节奏比我们慢得多。我是在监测了她的呼吸和心跳节律后计算出来的。这并不是一件容易的事，因为我一直都要克服身处花园里时的心理阻力。这种力量的性质对我来说还是很陌生的。

我花了很长时间才确定这个女人的生命节奏比我们慢4 000倍。也就是说，对我们（或者你）来说，我们眼里的一小时不过是她的一秒钟。

当我们到达这里遇到她的时候，她陷入了沉思（也许这是她睡觉的方式）。六个月后你回来的时候，对她来说，只过去了一个小时，她仍然处于同样的睡眠或冥想状态。但我确信她会醒过来。当她睁开眼睛，她会发现我就在她身边，已经习惯了她的时间节奏。

当然，我是想为你写一份完整的报告，但是花园所产生的精神力量，或者可能是那个女人本身，让我完全忘记了。

事实上，作为一名生物学家，我过去专门研究过新陈代谢时间和生命节律的变化（瓦兹知道或是猜到了真相，所以他才对我的实验如此感兴趣，我们成了很好的朋友）。在过去的几个月里，我开发出了一种治疗方法，能够让我自己的生理和主观时间与花园里的女人一致。我不确定这种方法是否会起作用（我是这里唯一可以充当实验品的豚鼠），但我认为值得冒这个险，很可能会成功。

你来的时候，我的生命节奏已经慢了将近一个月（尽管这对我来说只有几分钟）。当我看到你的飞船时（完全是靠运气，因为你的抵达对我来说就像陨石的瞬间坠落），我意识到我没有给你留下任何信息。原谅我，兰。我能想象得到看到我变成雕像是多么可怕的经历。但是花园的抑制力量把我禁锢住了。它并不是一种不可战胜的力量，兰，你一定已经注意到了（我看到了你毁掉的花瓣），我认为它的力量一直在减弱。在你的飞船的短暂视觉刺激下，当我试图做些什么时，已经太晚了。我的生命节奏比你慢了 4 000 倍，在你来到这里，检查实验室，发现我之前，我只抽出笔记本写了四个字。

现在你已经走了，我可以心平气和地把这一切写下来，因为我不指望你几个月后就会回来。

我希望你再来的时候，那个女人已经醒了，我能设法和她进行某种形式的交流。我希望有一天，我们能够理解这个花园和这个世界的意义，以及它与我们的地球曾经的联系。

如果这个女人是被强行关在这里的，我相信我会找到办法把她从禁锢她的时间牢笼中解救出来。我有充分的理由相信这不是她的正常生活地带，也不是她与生俱来的生物节奏。这个女人意识中的时间似乎与地球的昼夜长度相对应，但与地球的引力并不相符。我可以给你很多合乎逻辑的科学解释来支持我的理论，但我不会告诉你那些无聊的细节。

从根本上来说，我们不能用自己的标准来判断这样一个超乎寻常的情况。很可能这个女人在这里真的很快乐，可以想象，围绕花园的力量和保护屏障可能是她为了保护自己的隐私而设置的障碍。但是，另一方面，这里有太多与地球相似的东西，虽然不能排除它们是巧合的可能。但如果这个女人真的来自地球呢？如果这个封闭的星球和这个女人的时间节奏不是别的，只是一个监狱或者是一种惩罚，是一种借助高度先进的技术形式所设计出来的可怕的咒语呢？

无论如何，我们只能知道我是否能成功地和她沟通，为了做到这一点，我必须跨越我和她之间的时间障碍。

我不知道你什么时候会来，但我相信你会来的。我希望这些话能让你安心，即使我失败了，也能对你有所帮助。

我心惊胆颤地走向第一片玫瑰花丛，但令我吃惊的是，那股力量似乎不再向我扑来。事实上，被暮色的火焰疯狂点燃的雪花石膏玫瑰，似乎对我诉说着欢迎。

我慢慢地走进花园，生怕自己笨拙的动作打扰了这地方神圣的宁静。

紧邻着静止不动的水池，白色的底座上，放置着两尊雪花石膏雕像。他们手牵着手，面带微笑。

（胡晓诗　译）

魔幻现实主义魔术师

豪尔赫·路易斯·博尔赫斯尽管平生仅仅写过诗歌、散文和短篇小说，本职工作是图书管理员，而且后半生几乎失明，但却依然成为世界闻名的作家。值得注意的是，他这样一位名作家却从没有写过长篇小说。博尔赫斯认为，“编纂篇幅浩繁的书籍是奢侈之举，不仅劳神费力，而且还会令人陷入贫困”。安德烈·莫罗亚（André Maurois）在博尔赫斯的《迷宫》（*Labyrinths*）序言中写道：“博尔赫斯是一个伟大的作家，他……只写篇幅不大的散文或者短篇小说，然而这些作品足以令他当得起伟大二字，因为其中蕴含着精彩的智慧与丰富的内心世界，并且体现了严密的、几乎是数学般精确的写作风格……”博尔赫斯的创作涉及了自我与自我、自我与环境、过去与未来之间的混淆，而他处理这些问题的方式也混淆了诗歌、散文与小说。在博尔赫斯逝世之际，奥克塔维奥·帕斯（Octavio Paz）写道：“他的散文读起来像故事，他的故事就是诗，而他的诗就像散文一样让我们思考。”

所有这些都是魔术师的杰作。博尔赫斯通过他的魔术表演把拉美作家从现实主义和区域主义的束缚中解放了出来。卡洛斯·福恩特斯曾说，假如没有博尔赫斯，现代拉美小说就根本不可能存在。而乔治·R. 麦克默里在《豪尔赫·路易斯·博尔赫斯》一书中写道："博尔赫斯不仅帮助拉美文学挣脱了文献，而且还恢复了想象力作为小说主要成分的地位。"他是拉美魔幻现实主义得以发展壮大的关键因素。

博尔赫斯的父亲是一名律师、教师兼作家，母亲是一名翻译。与他们家一起生活的外婆是英国人。因此博尔赫斯从小就会说英语和西班牙语，并且先学会的是英语阅读。博尔赫斯身体虚弱，在父亲的藏书室里度过了许多时间，他认为这是"我一生中的主要事件"。身边人总是心照不宣地认为他必定会走上文学道路。1914 年，博尔赫斯再次得到了幸运的眷顾。他们家进行了一次不合时宜的欧洲之行，正好赶上第一次世界大战爆发，致使全家人都滞留在了瑞士。在此期间博尔赫斯学习了法语和拉丁语，自学了德语，并且开始阅读德国哲学和表现主义诗歌。

战后，一家人在西班牙定居了数年才回到阿根廷。此后博尔赫斯参与了各种文学运动，其间主要创作诗歌与学术论文，直到 1930 年才转向短小、紧凑、准确的创意叙事，创作出了一批让他声名鹊起的作品。1938 年，他被任命为布宜诺斯艾利斯一家小图书馆的图书管理员。1955 年，庇隆政权被推翻后，他被任命为国家图书馆馆长，第二年又被任命为布宜诺斯艾利斯大学英语和北美文学系主任。

1961 年，他终于被阿根廷之外的世人所发现。这一年他（与塞缪尔·贝克特共同）获得了福明托文学奖，他的《虚构集》（*Ficciones*）在次年被翻译成六种语言，他本人也被得克萨斯大学邀请到美国讲学，这是他第一次进行国际巡回讲学。1962 年他出版了另一部作品集《迷宫》，1970 年出版了第三部作品《阿莱夫和其他故事，1933—1969》（*The Aleph and Other Stories, 1933–1969*）。

博尔赫斯最著名的幻想小说有《巴别图书馆》（“The Library of Babel”），这部作品将宇宙想象成一个巨大的图书馆，管理员在其中寻找着一本并非仅仅记载了无意义句子的书籍；《小径分岔的花园》（“The Garden of Forking Paths”）深入探讨了或然世界的可能性；《特隆、乌克巴尔、奥比斯·特蒂乌斯》（“Tlön, Uqbar, Orbis Tertius”）讲述了一群人如何创造了一个想象世界，后来这个世界却变得比现实世界更真实；《环形废墟》（“The Circular Ruins”）的主人公梦见自己有了儿子，然后发现自己也是别人的梦中人；《博闻强记的富内斯》（“Funes the Memorious”）的主人公偶然获得了完美记忆的能力，以至于过去的记忆对他来说比现在更真实；《巴比伦彩票》（“The Babylon Lottery”）描述了一个基于偶然性的游戏如何变得像现实生活一样复杂（也一样没有意义）。

在这些细致入微、宛如宝石一般璀璨的叙事当中，博尔赫斯评论了人的本质，以及人在一个奇诡而无法理解的宇宙当中的存在与自我认知有多么复杂。博尔赫斯喜欢利用想象中的世界、想象中的书以及想象中的人来玩头脑游戏，这些游戏往往不仅看上去像是科幻小说，而且还彰显了某一类特殊的、内省的科幻小说可以营造出怎样的推想宇宙。

（万年看客　译）

巴比伦彩票

［阿根廷］豪尔赫·路易斯·博尔赫斯

正如所有的巴比伦人一样，我当过总督；正如所有的人一样，我当过奴隶；我有过至高无上的权力，也受过屈辱，蹲过监狱。瞧：我右手的食指已被剁掉。瞧：从我袍子的裂口可以看到一个橙黄色的刺花，那是第二个符号贝特。在月圆的夜晚，这个字母赋予我支配那些刺有吉梅尔记号的人，但是我得听从有阿莱夫记号的人，而他们在没有月亮的夜晚则听从有吉梅尔记号的人支配。[1] 拂晓的时候，我在地窖的一块黑色岩石前面扼杀圣牛。有一个太阴年，我被宣布为无形：我大声呼喊，却无人理睬，我偷面包，却不被抓住砍头。我经历过希腊人所不了解的事情：忧惧。那是一间青铜的秘屋，面对默不作声的披着头巾的绞刑刽子手，希望始终陪伴着我，不过在欢乐的长河中也有惊慌。赫拉克利德斯·本都库斯[2] 赞叹不已地说毕达哥拉斯[3] 记得他前生是皮洛斯[4]，是欧福尔波[5]，再前生是另一个人；我

1. 阿莱夫（א）、贝特（ב）和吉梅尔（ג），依次为希伯来字母表前三个字母。
2. 希腊哲学家、天文学家，柏拉图的学生。
3. 希腊哲学家、数学家，主张灵魂转世，传说他能回忆自己的几世前生。在数学方面，他主张数字是宇宙的起源，传说他发现了勾股定理。
4. 希腊神话中阿喀琉斯之子，又名涅俄普托勒摩斯（意为新战士）。
5. 希腊神话中的人物，特洛伊战争的参加者。

回忆相似的沧桑变幻时却不需要投生轮回，甚至不需要假冒欺骗。

我的异乎寻常的多样性要归功于一种制度：彩票，那是别的共和国所不知道的，或者不够完善、不公开的。我没有调查过彩票的历史；我知道巫师们在这件事上未能取得一致；我从彩票强有力的意向中得知一个不懂占星学的人观察月亮时领悟的东西。我的国家纷纭复杂，令人眼花缭乱，彩票是那里的现实的重要组成部分：直到今天，我很少考虑彩票的问题，正如很少考虑神祇莫测高深的行为和我自己变幻不定的心思一样。如今，我远离巴比伦和它亲爱的风俗，颇为惊异地想到了彩票和熬夜的人亵渎神明的喃喃猜测。

我父亲说，从前——几世纪还是几年以前？——巴比伦的彩票是带有平民性质的赌博。他说（我不知道是否真实），理发师发售彩票，收的是铜币，给的是绘有符号的长方形骨片或羊皮纸。大白天抽签开彩：中彩的人凭票领取银币。显而易见，手续非常简单。

很自然，那种“彩票”失败了。它毫无精神特点。除了针对人的希望之外，不考虑人的聪明才智。面对反应冷淡的公众，创办那种彩票的商人开始亏损。有人试行改革：在中彩的号码中插进少数几个背时的号码。这么一改，买彩票的人有了双重冒险，要不就是赢一笔钱，要不就是付一笔数额可能很大的罚款。每三十个好运的号码搭配一个倒霉的号码，这个小小的风险自然引起了公众的兴趣。巴比伦人纷纷参加。不参加的人被认为怯懦、低人一头。后来这种不无道理的蔑视变本加厉。不玩彩票的人固然遭到白眼，买了彩票被处以罚款的输家也被人瞧不起。彩票公司的名气响了，开始为赢家的利益操心，因为如果罚款不能基本收齐的话，赢家就领不到彩金。公司向输家提出诉讼：法官判他们缴付罚款和诉讼费用，或者折成监禁天数。为了让公司落空，被告都选择监禁。由于少数人的倔强，公司有了教会和玄学的性质，获得了至高无上的权力。

不久之后，抽签的公告发表罚款额时只说每个倒霉号码的监禁天数。这一简化当时并没有引起注意，它具有极大的重要性。那是彩票行业中第一次出现非金钱因素。效果好得空前。在赌徒们的一再要求下，公司不得不增加倒霉号码的数量。

谁都知道巴比伦人热衷于逻辑甚至对称。吉利的号码用叮当响的钱币支付，不吉利的号码用监狱里的日日夜夜折合，这种现象不合情理。某些道德家认为拥有钱币不一定表示幸福，另一些幸运的形式也许更为直接。

贫民区里动荡不安。教士团的成员成倍地增加赌注，尽情享受恐惧与希望的变迁；贫民们（带着不可避免的、可以理解的妒忌）觉得自己被排斥在这种特别惬意的转化之外。所有的人不分贫富都应有参与购买彩票的平等权利，这一正当的愿望激发了愤怒的骚动，声势之大，多年之后人们记忆犹新。一些顽固的人不理解（或者假装不理解）这是一种新秩序，一个必然的历史阶段……有个奴隶偷了一张粉红色的彩票，抽签结果是持票人应受烙舌之刑。法典规定偷盗票据的人恰巧也应受这种刑罚。一些巴比伦人推断说，作为小偷，烧红的烙铁是罪有应得的处罚；另一些人比较宽容，主张以烙舌之刑还治刽子手其身，因为这是天意……

发生了动乱和可悲的流血事件；尽管富人反对，但是巴比伦老百姓的目的终于实现。人民宽宏大量的要求得到充分满足。首先，公司被迫承认公众权利。（考虑到彩票发行新办法的广泛性和复杂性，由公司统一经营还是必要的。）其次，彩票改为秘密、免费、普遍发行，取消收费出售办法。自由人已经了解比勒[1]的秘密，自动参加神圣的抽签仪式。抽签仪式每隔六十夜在神的迷宫里举行，决定人在下一次抽签之前的命运。后果是无法估计的。抽到吉签能擢升

1. 美索不达米亚宗教信仰中的主神，巴比伦诸神之一，其名本意为“主”。

到巫师会议，或者把公开的或隐秘的仇人投入监狱，或者在幽暗安静的房间里发现一个使我们动心的或没有料到能再看见的女人；抽到凶签会遭到肢体伤残、身败名裂、死亡。有时候三四十个签中只有一个绝妙的结局——某丙在酒店里遭到杀害，某乙神秘地被奉为神明。作弊是很困难的，但是要记住公司里的那些家伙过去和现在都是狡猾和无所不能的。在多数情况下，知道某些幸福只是偶然的机遇会减少幸福的魅力；公司的代理人为了避免这种弊端，便利用暗示和巫术。他们的步骤和手法是秘而不宣的。他们雇用了占星术士和间谍去调查每个人内心的希望和恐惧。有几个石狮子，一个叫作加夫加的圣洁的厕所，一座灰蒙蒙的石砌引水渡槽有几道罅隙，一般人认为是公司专用的；恶意的或者好心的人把告密的材料放在那些地点。按字母编排的档案收集了这些可靠程度不一的信息。

难以置信的是，背后议论不少。公司处事一贯谨慎，并不正面回答。它在一座废弃的制造假面具的工厂涂抹了一段简洁的文字，如今已收入《圣经》。这段说教指出彩票是世界秩序中插进的一种偶然性，承认错误并不是驳斥偶然性，而是对它的确证。还指出，那些石狮子和圣洁的容器虽然未被公司否认（公司不放弃参考的权利），它们的作用是没有正式保证的。

这个声明平息了公众的不安。但也引起了始料未及的效应。它深刻地改变了公司的精神和活动。我所剩的时间不多了，已通知我们的船快起航，我尽可能解释一下。

虽然听来难以置信，但到当时为止谁都没有探讨过赌博的一般理论。巴比伦人生性不爱投机。他们尊重偶然性的决定，捧出自己的生命、希望和惊恐，但从未想到要调查其扑朔迷离的规律和揭露规律的旋转星体。然而我提到的那份冠冕堂皇的声明引起了许多带有法学和数学性质的讨论。其中之一产生了如下的假设：既然彩票是偶然性的强化，在宇宙中引起定期的混乱，那么让偶然性参与抽签的全过程，而不限于某一阶段，岂非更好？既然偶然性能决定某人的死亡，而死亡的条件——秘密或公开，期限是一个小时或一个世纪——又不由偶然性决定，岂非荒谬可笑？这些合情合理的疑窦最终导致了重大的改革，几个世纪的实施增加了它的复杂性，只有专家能理解，不过我试着归纳几点，哪怕是象征性的。

我们设想首次抽签决定一个人的死刑。第二次抽签决定死刑的执行，比如说，提出九名可能的执行者。九名执行者中间，四名进行第三次抽签，决定刽子手是谁，两名可以用吉利的指令（比如说，发现一处藏镪）替换不祥的指令，另一名可以加强死刑的程度（也就是说，凌迟处死或者焚尸扬灰），其余的可以拒绝执行……这是一个象征性的轮廓。事实上抽签的次数是无限大的。任何决定都不是最终的，从决定中还可以衍化出别的决定。无知的人以为无限的抽签需要无限的时间，其实不然，只要时间无限地细分就行，正如著名的乌龟比赛的寓言所说的那样。这种无限的概念十分符合偶然性的错综复杂的数字和纯理论派酷爱的彩票完美典型……我们巴比伦人的惯例似乎在台伯河引起扭曲的回响。埃勒·兰普里迪奥在他写的《安东尼努斯·赫利奥加巴卢斯[1]传》中指出，这位皇帝赐宴时向宾客分发写有凶吉祸福的贝壳，有的人可以领到十磅黄金，有的人则是十只苍蝇、十个睡鼠，或者十头熊。人们不由得会想起赫利奥加巴卢斯是由小亚细亚信奉图腾神道的巫师教养的。

也有不针对具体个人的、目的不明确的签文：比如说把一块锡兰岛的蓝宝石扔进幼发拉底河，在塔顶放飞一只鸟，每一百年在沙粒无数的海滩上取走（或加上）一粒沙，等等。有时候，这类签的

1. 又称埃拉加巴卢斯或赫利奥加巴卢斯，罗马帝国塞维鲁王朝皇帝，218 年至 222 年在位，以骄奢淫逸和残忍著称。

后果十分可怕。

在公司恩赐的影响下，我们的习俗充满了偶然性。顾客买十二坛大马士革葡萄酒，如果发现其中一坛装的是一个护身符或一条蝰蛇，并不会感到意外；拟定契约的抄写员几乎没有一次不塞进一个错误的数据；我本人在这篇草草写成的东西里也做了一些夸张歪曲。或许还有一些故弄玄虚的单调……

我们巴比伦的历史学家是全世界最明察秋毫的，他们发明了一种纠正偶然性的办法，众所周知，这种办法的运用一般来说是可靠的，但自然也免不了掺进一点欺骗。此外，虚构成分最大的莫如公司的历史了……

从寺庙遗迹中发掘出来的一份用古文字写的文件可能是昨天，也可能是几百年前一次抽签的记载。每一版书籍，本与本之间都有出入。抄写员宣誓必须删节、增添、篡改，也采用含沙射影的手法。

彩票公司谨小慎微，避免一切招摇。它的代理人自然都是秘密的，公司源源不断发出的指令同骗子层出不穷的花招没有区别。再说，有谁能自诩为单纯的骗子呢？醉汉心血来潮发出荒唐的命令，做梦的人突然醒来掐死了睡在他身旁的老婆，他们岂非是执行公司的秘密指示？这种默默无声的运转可同上帝的旨意相比，引起各种各样的猜测。有一种猜测恶毒地暗示说公司已经消失了几百年，我们生活中的神圣的混乱纯属遗传和传统。另一种猜测认为公司是永恒的，声称它将持续到最后一位上帝消灭世界之前的最后一个夜晚。还有一种猜测说公司无所不能，但只干预一些微不足道的小事：鸟鸣、铁锈和灰尘的颜色、破晓时的迷糊等。再有一种猜测借异端创始人之口说，公司以前没有，以后也不会有。还有一种同样恶劣的说法认为，肯定或否认那个诡秘的公司的存在无关紧要，因为巴比伦无非是一场无限的赌博。

（王永年　译）

哥伦比亚奇迹

《百年孤独》(*One Hundred Years of Solitude*，1967）不仅是1982年诺贝尔文学奖得主加夫列尔·加西亚·马尔克斯（Gabriel García Márquez）的名作之一，而且还在全世界掀起了一场风暴。这本小说的初版首印甫一面世便在一周内售罄，而后续的重印也被拉美读者买光，这种情形持续了数月。另一位诺贝尔文学奖得主、智利诗人巴勃罗·聂鲁达称这部小说为"西班牙语文学自从塞万提斯的《堂吉诃德》以来最伟大的杰作"，而威廉·肯尼迪则写道："《百年孤独》是《创世纪》后第一部应当成为全人类必读书目的文学作品。"雷吉娜·简斯在她对马尔克斯的研究中把这本书描述为"一部整体性的小说，涵盖了拉丁美洲的社会、历史、政治、神话和史诗"，而且这本书还"既易懂又复杂，既栩栩如生又充满了自我觉察且自我参照的虚构"。

这部作品也和他的其他作品一样走的是魔幻现实主义路线。简斯将魔幻现实主义的起源归功于古巴作家阿莱霍·卡彭铁尔（Alejo Carpentier)，他"发现了历史的重复性，并且阐述了'lo real maravilloso'[1]，即'神奇的现实'这一批判性概念，认为从地理上、历史上和本质上来说，拉丁美洲是一个令人惊奇而梦幻的空间……而呈现这种真实就是呈现惊奇"。加西亚·马尔克斯在《巴黎评论》(*Paris Review*)的一次采访中证实了现实世界在他的作品中的地位，并表示说："……我所有的作品中没有一行字是没有现实基础的……"。而在《花花公子》杂志的采访中，他说道："在加勒比地区，我们有能力相信任何事情，因为我们受到了所有这些混杂了天主教和本地信仰的不同文化的影响。我认为这赋予了我们足以超越显然现实的开放心态。"

加西亚·马尔克斯于1928年出生于哥伦比亚的阿拉卡塔卡，1947年开始工作，成了一名记者，曾在哥伦比亚的多家报社工作，还在巴黎担任过自由撰稿人。之后他回到波哥大，并于1959年成立了"拉丁美洲新闻社"，之后派驻哈瓦那以及纽约担任通讯记者。1965年，也就是《百年孤独》出版前两年，他转向了全职写作。他出版了六部长篇小说以及许多中短篇小说集，还有十几部非虚构作品集，其中几乎有一半是他记者生涯里采编的新闻稿件。

加西亚·马尔克斯曾被比作威廉·福克纳，因为他在小说当中一以贯之地利用小镇马孔多的方式就像福克纳利用约克纳帕塔法县一样，而且这位哥伦比亚作家还曾尊称福克纳为"我的师父"。但彼得·S.普雷斯科特在《新闻周刊》中认为，在《百年孤独》中，加西亚·马尔克斯的"想象力成熟了，不再满足于仅仅围绕一个拉丁美洲的约克纳帕塔法县创作暗黑奇幻的故事。他挣脱了束缚，投向了奔放、机智与欢笑的怀抱"。索尔·维尔希亚尔姆松在《海外图书》杂志中评论道，虽然"加西亚·马尔克斯每每总会描写黑暗的力量，

1. 原文中西班牙语短语"lo maravilloso americano"表述有误，应为"lo real maravilloso"，即后文的"神奇的现实"。此处与原文不一致，特此更正。

或者让读者感到每一个人的生活或早或晚都该以悲剧告终……但是他也展示了充溢着每一个瞬间的图像、色彩与气味，这些元素请求在这一瞬间逝去之前将它们排列成富有意义与内涵的模式”。

《出售奇迹的好人布拉卡曼》(“Blacamán the Good, Vendor of Miracles”）最初发表于1968年，1972年收录进《枯枝败叶和其他故事》(*Leaf Storm and Other Stories*)。它以魔幻现实主义（以及加西亚·马尔克斯本人）密切关注日常经验细节的典型风格，讲述了一个伪装成能行使神迹的骗子如何虐待他的仆僮，以及这名仆僮获得神奇能力（或者没有——故事的叙述者不一定可靠）之后针对主人施加可怕报复的故事，就像欧·亨利与爱伦·坡的故事经由福克纳之手得到了改编一样。

哈利·马克·佩特拉基斯在《芝加哥论坛报——图书世界》上如此评价加西亚·马尔克斯对文学的贡献：“神秘而魔幻，充分意识到生命的转折，他的故事营造了鬼魂与不得安息的灵魂栖身的界域，这些魂灵通过幻想和梦境回到那些被它们留在身后的人们身边。这些故事看似单纯，其实却探索了生命的奇迹和神秘。”

（万年看客　译）

出售奇迹的好人布拉卡曼

[哥伦比亚] 加西亚·马尔克斯

自从第一次看见他的那个星期天起，我就觉得他像是斗牛士助手骑的骡子。他的天鹅绒肩带上露出金线的针脚，十根手指上戴满了五颜六色的宝石戒指，辫子上还拴着一条响尾蛇的尾巴。在达连的圣马利亚港口，他站在一张桌子上，脚边是他自己配制的一瓶瓶特效药，还有些安慰人心的草药。那段时间他扯着破锣嗓子在加勒比沿岸的村镇到处叫卖，只不过那一回他并不打算向那群脏兮兮的印第安人兜售什么，而是让他们去找一条活蛇来。他要在自己身上检验他发明的解毒药，独门奇药啊，女士们，先生们，蛇咬的，蜘蛛咬的，蜈蚣蜇的，任何种类的毒物，它都能解。有个人像是被他的决心打动了，不知道从哪儿弄来一条毒性奇大的马帕纳蛇，就是那种直接麻痹呼吸系统的家伙，装在玻璃罐里给他拿了过来。看他急不可待地打开盖子的样子，大家都以为他是要把那条蛇一口吞进肚子里。可是，那畜生刚意识到获得了自由，便从玻璃罐里蹿了出来，照着他的脖子来了一口，他的演讲立马中断了。这江湖郎中勉强来得及吞下一片解药，就一头栽倒在人群中，高大的身躯在地上滚来滚去，像是一具空壳子，但他一直在笑，露出满口金牙。港口停泊着一艘来自北方的装甲舰，说是来友好访问的，一停就停了差不多二十年。舰上这时一阵喧嚣，宣布实行隔离，以免蛇毒蔓延到舰上去。那天是复活节前的星期天，人们做完弥撒，带着被祝福过的棕榈枝往外走，谁都不想错过这场中毒的好戏。他身上开始肿胀，比先前胖了一倍，散发出死亡的气息，嘴里溢出胆汁的泡沫，浑身的毛孔都在张大，但他还在笑，笑得那么起劲，那条响尾蛇的尾巴在他身上甩来甩去，发出啪啪的声响。他身上肿得连绑腿的带子和衣服的接缝都崩开了，手指头被戒指勒成了腌鹿肉的颜色，屁股底下流出了临死之际的粪渣，凡是见过人被蛇咬的都知道，他在死之前会浑身溃烂，不剩一块好肉，到最后人们将不得不拿铲子把他铲起来丢进麻袋，但是大家同时也在想，哪怕是烂成了一堆锯末，他也会继续笑下去。这情形太离奇了，海军陆战队的士兵们纷纷登上舰桥，举起带长焦镜头的相机，想给他拍些彩色照片，但那群刚做完弥撒出来的女人没让他们得逞，她们用一床被子盖住了这个垂死的人，又将被祝福过的棕榈枝压在被子上，有几位是因为不喜欢海军陆战队的士兵用他们异教徒的机器亵渎这具躯体，另外几位是害怕眼睁睁看着这个崇拜偶像的家伙大笑着死去，还有几位是想至少这样可以让自己的灵魂得到净化。所有人都以为他死定了，这时他拨开了棕榈枝，因为刚才那番折腾，他依然有些迷迷瞪瞪的，没有完全恢复过来，但他没要任何人帮忙，像只螃蟹一样爬上桌子，重新开始叫卖：各位都亲眼看见了，解毒的灵药正是装在这个小瓶子里的上帝之手，只卖两个夸尔蒂约，因为我发明这种药不是为了挣钱，而是为了人类的福祉，谁要来一瓶，女士们先生们，别挤别挤，人人都能买到。

人们自然挤成了一团，他们做得对，因为到最后并不是人人都能买到。连那艘装甲舰的司令官都买了一瓶，他也被说服了，相信这药对于无政府主义者用毒药浸过的子弹也有效，军舰上的其他人没拍到他死亡的照片，这会儿不但拍了许多他站在桌子上的照片，还纷纷请他签名留念，一直签到他手臂抽筋为止。天快黑了，码头上只剩下几个最呆的家伙，他用目光搜寻着，想找一个面带傻气的家伙帮他把瓶瓶罐罐收起来。自然，他把目光停在了我身上。那就像是命运的一瞥，对我对他都是如此，因为从那时起已经过去一百多年了，我们两个人一想起来都还觉得就像是上个星期天发生的事情。我们把他用来变戏法的那堆东西装进那个紫色包边的箱子，那箱子看上去更像学者的棺材了，当时，他一定是在我身上看到了某种先前没有看到的灵光，因为他没好气地问了我一句，你是干什么的。我对他说，虽说我爸爸还没死，但我是这里唯一一个没爹没妈的孤儿。他哈哈大笑，笑得比之前中毒的时候还厉害，然后问我平常都做些什么。我告诉他我什么也不做，只是活着，因为别的事都没意义。他笑得流下了眼泪，又问我在世上最想学什么本事。这是我唯一一次丝毫没有开玩笑，说的是大实话，我说我想当个算命先生。这下他不笑了，像是在思索什么，然后大声告诉我，当算命先生我已经差不多够格了，因为我具备了最基本的素质，长了一张傻瓜的脸。就在那天晚上，他去找我爸爸谈了谈，花了一雷阿尔加两夸尔蒂约，外加一副能算出谁跟谁通奸的扑克牌，就把我买断了。

这就是那个坏蛋布拉卡曼。这么说是因为还有一个好人布拉卡曼，那就是我。他那张嘴能让一个天文学家相信，二月份不过是一群看不见的大象，但当运气离他而去，他也会变得铁石心肠。在最风光的岁月里，他曾经给好几任总督的尸体做过防腐处理，大家都说，他把他们的脸装扮得如此庄严，以至于他们在死后好多年里把这里管理得甚至比他们生前还要好，在他把他们的脸恢复成死人模样之前，没有人敢把他们埋进土里。但后来他的威望遭遇挫折，因为他发明了一种永远下不完的象棋，一个教士下着下着疯掉了，还有两位有名望的人自杀了，他从占梦师沦落为生日宴上的催眠者，从有灵力的拔牙师沦落为集市上的江湖郎中，到了我们见面的时候，连那些海盗都不屑于正眼看他了。我们四处游荡，兜售骗人的把戏，整日处心积虑地推销能让走私犯隐身逃遁的秘方，教那些受过洗礼的妻子悄悄在汤里滴几滴药水，好让她们的荷兰丈夫对上帝心存畏惧。女士们先生们，你们想要买任何东西都出于自愿，因为这不是命令，只是一种建议。归根结底，幸福也并不是人生义务。虽然我们经常为他的种种好主意笑得死去活来，但事实上我们几乎连肚子都填不饱，于是他把最后一线希望寄托在我算命的天分上。他把我装扮成日本人的模样，拿船上用的铁链拴住，装进那个棺材般的大箱子里，当他在搜肠刮肚想词儿说服大家相信他的新玩意儿时，我可以给人算命。女士们先生们，看看这个饱受埃塞基耶尔萤火虫折磨的家伙吧，那边那位，看您一脸不相信的样子，您敢不敢问问他您的死期是什么时候。问题是我从来就没算准过，我经常连当天是几月几号都不知道。最终，他对我干算命先生这一行的前途彻底绝望，因为饿得头昏脑涨，就算我的某个器官能未卜先知，也早被搅得乱了套。为了转运，他用棍子教训了我一顿，之后，他决定把我送回我爸爸那里，把钱要回来。但那些天他正在寻找一种实用的方法用疼痛来发电，他造了一台缝纫机，靠吸附在疼痛部位的吸盘来带动。我被他打得整夜叫唤个不停，他因此把我留下来测试他的新发明，这样一来，我回家的事就被延后了，他的情绪也渐渐好转了，最后，那架缝纫机运转得太棒了，不但比一般新手缝得好，还能根据疼痛的位置和程度绣出各种花鸟来。正当我们确信自己时来运转，陶醉在胜利中时，突然有消息传来，说那艘装甲舰的司令官想在费城重现那场解毒实验，结果当着全体参谋人员的面变成了一摊肉泥。

在很长一段时间里，他都没再笑过。我们顺着印第安人的峡谷小道逃走了，逃亡中传来的消息越来越清晰，海军陆战队打着消除黄热病的旗号入侵了我们国家，杀光了一路上遇到的所有陶器贩子，不管是长期从事这一行的还是偶一为之的。他们不光出于戒备杀当地人，也杀中国人作为消遣，杀黑人是他们一贯的做法，而杀印度人则是因为看不惯他们玩蛇，之后，他们把我们的动植物资源一抢而空，还尽其所能掠走了我们的矿产资源，因为他们那些研究我国问题的专家教导过他们，加勒比这一带的人能够改变自然，要弄美国佬。我一直不明白他们这股疯劲儿是从哪儿来的，我们又为什么这么怕他们。直到我们安全脱险，沐浴在瓜希拉长年不断的和风之中，他才打起精神告诉我，他那些解药不过就是大黄加松节油，他给了那个托儿两夸尔蒂约那家伙才给他弄了条没毒的马帕纳来。我们在一幢废弃的殖民地时期的传教士的房子里住了下来，无望地等待走私贩子从这里经过，这是我们唯一指望得上的人，只有他们才会顶着烈日冒险进入这片不毛之地。一开始我们吃的是熏蝾螈配瓦砾间的花朵，把他的皮绑腿煮来吃的时候，我们也还笑得出来，最后，我们连水池子里的蜘蛛网都捞出来吃了，到这时我们才明白外面的世界对我们有多重要。我那时候丝毫不知道怎么对付死亡，只会找块平整一点儿的地方躺着等待死神降临。而他却满嘴胡话，回忆起一个娇柔的女子，她叹口气就能穿墙而过。这些编造出来的回忆也是他的一种策略，为的是用爱的遗憾骗过死神。然而，当我以为我们可能已经死了的时候，他却活蹦乱跳地出现在我身边，整夜看护着垂死的我。他想心事的时候特别使劲，常常让我弄不清楚那断垣残壁之间呼啸而过的究竟是风还是他的所思所想。天亮之前，他用一如既往的声音带着一如既往的坚定对我说，他总算想明白了，是我扭转了他的好运，所以呢，把裤子系好，你扭转的，你还得给我弄顺了。

从那时起，我对他曾经有过的那点儿好感消失了。他扒掉了我身上最后几片破布，用带刺的铁丝网围住我，拿硝石在我的伤口上来回蹭，把我泡在自己的尿里，拴住我的脚踝把我吊在太阳底下暴晒，嘴里还嚷嚷着，说那些折磨不足以平息他的怒火。最后，他把我扔进当年传教士们用来惩戒异教徒的地牢，让我自生自灭，又用还没忘的那点儿口技学动物吃东西的声音，学成熟的甜菜地里沙沙的风声，学泉水潺潺流动的声音，他就是想用幻觉来折磨我，让我觉得自己正在天堂里潦倒地死去。当走私贩子们终于来接济他的时候，他下到地牢里，随便扔了点儿吃的给我，免得我被饿死了。但接下来我得为他的这点儿好心付出代价，他用钳子拔掉我的指甲，用磨石敲掉我的牙齿，我唯一能宽慰自己的是，只有活下去，才会有时间和运气用更严厉的折磨回敬我遭受的恶行。连我自己都感到吃惊，在我的屎尿、他倒下来的剩饭剩菜，以及他丢在角落里的腐烂的蜥蜴和雀鹰的包围下，在地牢里毒得死人的空气中，我居然挺了过来。不知过了多长时间，有一回他给我带来一只死兔子，为的是表明他宁愿让它烂了臭了也不愿给我吃。我的忍耐到了头，心里只剩下仇恨，我一把抓住兔子的耳朵朝墙上扔了过去，心里幻想着将要在墙上摔烂的不是兔子而是他，然后，就像在梦里发生的一样，那兔子发出一声尖叫，居然活了过来，还在空中踏着步子走回到我手中。

我的好日子就这样开始了。从此以后，我满世界转悠，收两个比索就能让打摆子的人不再发烧，收四个半比索就能让瞎子重见光明，收十八个比索就能让人消除水肿，残疾人要想重获健全肢体，如果是天生的，我收二十比索，如果是事故或是打架落下的，收二十二比索，如果是地震、战争、陆战队登陆或是别的什么天灾人祸造成的，一律收二十五比索，一般的病人通过某种特殊安排按批发价收费，给疯子看病依具体情况收费，小孩儿只收半价，傻子免费，看谁敢说我不是个慈善家。女士们先生们，现在，说您呢，第二十舰队的司令官，让您的小伙子们把路障撤了，好让那些生病的人过来，得麻风病的靠左，得癫痫的靠右，残疾的哪儿不碍事待哪儿，不是急病的全都给我往后退，请各位都别挤，要是病情被弄混了，治的不是你得的病，我可不负责任。乐队呢，接着吹打，到铜管烫手为止，放鞭炮的接着放，到天使们觉得烫为止，酒尽管上，喝到不省人事为止，帮工的、走钢丝的、屠夫、照相的，全都过来吧，账都算在我身上，女士们先生们，布拉卡曼的坏名声从此一笔勾销，接下来大家开始狂欢吧。我施展出议员们惯用的手段麻痹大家，以防万一我出了岔子，有些人变得比先前更糟糕。我唯一不干的就是让死人复活，因为他们一睁开眼睛，就会气冲冲地把改变他们存在状态的家伙打个半死，到最后，他们不是自杀，就是失望而死。刚开始的时候，有几个聪明人在我身后穷追不舍，调查我干的这些事是否合法，确认没有问题之后，他们用术士西门的地狱来吓唬我，建议我过苦修的生活，说这样就能超凡入圣，我没有蔑视他们的权威，我告诉他们我正是从苦修入门的。事实是，死后封圣对我毫无益处，我是个艺术家，唯一想要的就是活着，好继续像朵落在驴身上的纯洁的花，坐在我这辆六缸敞篷车里，这是我从海军陆战队的领事手上买来的，给我开车的特立尼达司机过去在新奥尔良海盗歌剧院唱男中音，我穿着真丝衬衣，用着东方护肤品，镶着黄玉牙齿，头上戴着鞑靼式的帽子，脚上穿着双色靴子，睡觉的时候不用定闹钟，跳舞的舞伴总是各地的选美皇后，我满嘴的华丽辞藻每每让她们意乱情迷。万一哪个圣灰星期三我的能力消失了，我也不会太过担心，因为只要拥有这张傻瓜的脸蛋，我就可以继续过着部长一样的生活，更何况我还有数不清的店铺，从这儿一直排到比天边的晚霞还远的地方。过去游客来我们这里花钱参观旗舰，现在，他们挤破头想要得到我的花体签名照片、印着我写的爱情诗的日历、有我肖像的纪念章、用我的衣服裁成的布条，这还没算那尊白天晚上都矗立在那里的我骑着马的大理石雕像，和那些祖国之父的雕像一样，身上落了不少燕子屎。

可惜那个坏蛋布拉卡曼不能把这个故事再讲一遍，否则人们将会看到其中毫无虚构的成分。最后一次在这个世界上被人看见的时候，他早已没了当年的神采，沙漠里恶劣的自然环境让他失魂落魄，骨头也快散架了，但他仍旧保留着几根响尾蛇的尾巴，以及那个永不离身的棺材似的大箱子，以便重现当年达连的圣马利亚港的那个星期天，只不过这一次他不卖解毒药了，而是用他那破锣嗓子请求海军陆战队的士兵当众给他一枪，他要用自己的肉身来证明我这个超自然的造物拥有让死人复活的能力。女士们先生们，你们完全有理由不相信我，因为长期以来我这个骗子和造假者屡屡让你们上当，我以我母亲的骸骨起誓，今天的实验没什么玄乎神秘的，只是再普通不过的事实，为了不留下任何疑问，各位请睁大眼睛看好了，这次我不会再像从前那样笑了，而是会尽力克制着不哭出声来。为了使他的话更有说服力，他两眼含着泪水，解开衬衣扣子，用力拍打着自己的胸膛，指出哪儿是最合适一枪毙命的地方，但海军陆战队的士兵们没敢开枪，星期天人太多，他们害怕败坏了自己的名声。有个人也许是对从前上当受骗的经历仍旧耿耿于怀，不知道从哪儿弄来些巴巴可鱼毒草的根须，就是能让加勒比海的石首鱼全都漂上水面的那种草，装在罐头盒里递给他，他急不可待地打开盒子，像是真的要把它们吃下去，他确实吃了，女士们先生们，请不要激动，也不要祈祷让我安息，这次的死亡不过是趟旅行。这回他没有捣鬼，连那种唱戏一样的喉音都没有，他像螃蟹一样爬下桌子，在人们怀疑的目光中，在地上找了个最合适的位置躺下来，他看着我，就像看着一位母亲，眼睛里仍旧含着男人的泪水，身体因为痉挛弯过来又扭过去，最终双臂环抱着咽了气。当然，这是我唯一一次失手。我把他装进那个尺寸颇有预见性、足以容纳他整个人的大箱子，让人给他唱了三天弥撒，花了我五十枚面值四比索的金币，因为主持仪式的神父穿的衣服是用金线绣的，且有三位主教出席，我还让人给他建造了一座帝王般的陵墓，在一处山冈上，面对着安详的大海，旁边有一座专门为他建的礼拜堂，还有一块铁铸的墓碑，上面用哥特体大写字母刻着：这里安息着布拉卡曼，所谓的坏人，捉弄过海军陆战队的人，科学的牺牲品。当我觉得这些荣光对他的美德已经足够公平时，我开始对他的恶行实施报复，我让他在封得严严实实的棺材里复活，让他在那里面惊恐地翻滚。这是发生在达连的圣马利亚港被蚁群吞噬之前很久的事了，但山冈上那座陵墓依旧完好无损，遮阴的龙口花直直向上，睡在大西洋的风中。每次经过那里，我都会给他带去满满一汽车的玫瑰花，我的心也会因怜惜他的美德而隐隐作痛，但接下来，我会把耳朵贴在墓碑上，听他在那个已经破烂不堪的大箱子的碎片中哭泣，如果他又死了，我会再让他活过来，这个惩罚最有意思的地方在于：只要我活着，他就得在坟墓里活下去，也就是说，永远。

一九六八年

（陶玉平　译）

过去、现在与未来

加西亚·马尔克斯曾为自己过去参与政治的经历辩护，认为这是他从事新闻工作的一部分。他主张“我从来都是一名记者”，而且“作家要为全社会的现实负责，而不仅仅是对社会中的一小部分人负责”。卡洛斯·富恩特斯在《巴黎评论》的一次采访中引用巴勃罗·聂鲁达的话说：“每个拉丁美洲作家走到哪里都拖拽着沉重的身体，拖拽着同胞的、过去的，或是民族历史的身体。我们必须将过去的重负融入自身，唯此才不会忘记赋予我们生命的东西。如果你忘记了过去，你就失去了生命。”

富恩特斯于1928年出生于巴拿马的首都巴拿马城，父亲是墨西哥的职业外交官。他的作品主要关注墨西哥，“从某种意义上说，我所有的小说都属于同一本书的各个篇章。《最明净的地区》（*Where the Air Is Clear*）是墨西哥城的地方志；《阿尔特米奥·克罗斯之死》（*The Death of Artemio Cruz*）写的是这座城市里的一个人；《换皮》（*A Change of Skin*）写的是这座城市及其社会，在直面世界的过程中逐渐意识到如下事实：自己是文明的一部分，而外面的世界正在侵入墨西哥"。墨西哥在富恩特斯的小说《我们的土地》(*Terra Nostra*, 1975)中也有明显的体现，富恩特斯称这本书是其技艺的完美之作；拉里·罗特在《华盛顿邮报——图书世界》上这样评价这本书："富恩特斯比以往任何时候都更深入地探究了墨西哥的起源以及作为一个墨西哥人的意义。"而富恩特斯的《美国老人》(*The Old Gringo*, 1985)又重新探索了墨西哥如何看待与美国的关系这一议题。

根据何塞·多诺索在《西班牙语美洲文学的繁荣：一段个人历史》中的论述，富恩特斯的创作历程使得他成为"第一位主动且自觉地推动了西班牙语美洲文学国际化的推手"。《美国老人》是第一部登上《纽约时报》畅销书排行榜的墨西哥长篇小说。

富恩特斯很早就参与了国际事务。他在墨西哥国立大学获得法学学位后，曾先后担任过墨西哥驻国际劳工组织代表团成员和干事、外交部新闻处副主任、墨西哥国立大学文化传播事务处干事和副处长，以及文化关系局局长，1975 年至 1977 年他担任了墨西哥驻法国大使。他的第一部长篇小说《最明净的地区》于 1958 年出版，两年后被翻译成英文。他的作品之所以与众不同，是因为他惯于采取创新手法，通过不同的人物视角将现实与幻想结合在一起。

安东尼·韦斯特将富恩特斯的技巧比作"在角色之间紧张切换的快速摄影机运动"。埃文·康奈尔在《纽约时报书评》上表示，富恩特斯的"叙事风格——除了少数例外——依赖于不同类型的意识的穿插和并置"。罗伯特·库弗指出了《我们的土地》中第二人称的使用："富恩特斯的第二人称叙事不是那种在舞台上无意中听到的叙述内容：书的本身而非作者或者书中角色成了发声者，至于读者，或者说闻声者，则成了一名书中角色或者前后连续的几名书中角色。"有些批评家认为这使得富恩特斯的作品"晦涩难读"，不过就算事实的确如此，富恩特斯也依然愿意承担这一风险。"我相信书籍不应该迎合现成的读者群体，”富恩特斯在接受《华盛顿邮报》采访时说，“我在寻找的读者是我想要去塑造的……去赢得他们……要创造读者而不是单纯满足他们的期待，否则我将会厌烦至死。”除了剧本与六部非虚构作品集之外，他还出版了十几部长篇小说与六七部短篇小说集。

1980 年，《查克·莫尔》（“Chac Mool”）被翻译成英文。这篇作品召唤出的阿兹特克神祇打开了一扇门，让读者得以体会过去——以及人们的恐惧——对现在的影响。

（万年看客　译）

查克·莫尔

[墨西哥]卡洛斯·富恩特斯

前段时间，菲利韦托在阿卡普尔科淹死了。就在圣周的时候。他被水利部开除了，但还是没经住官僚气的诱惑，像每年一样去了那家德国小旅馆，吃热带厨房的汗水加甜的腌酸菜，圣周六到戈布拉达跳舞，在奥尔诺斯海滩暮色笼罩的陌生面孔中自我感觉是个熟脸儿。是，我们知道他年轻的时候很会游泳，但现在，上了四十，身体每况愈下，想游过这么长一段，还是半夜里！穆勒太太不让在旅馆里守灵，说是老主顾，只在拥挤闷热的小天台上搞了个舞会。就这样，一脸惨白躺盒子里的菲利韦托为了等早班车，在各种背篓包裹的陪伴下度过了新“生”活的第一夜。我早早赶来给棺材装车的时候，菲利韦托正在一座椰子堆成的坟头底下，司机让赶紧挪到车顶上去用帆布盖起来，免得把其他乘客吓着，还担心我们给他招来晦气。

从阿卡普尔科出发的时候还有一丝微风，等到了迭拉科罗拉达，热和光都上来了。就着鸡蛋香肠早饭，我打开菲利韦托的公文包——头天跟其他东西一起从穆勒旅馆领回来的：二百比索、一份在墨城被禁的报纸、几张彩票、去程车票（只是去程？），还有那本廉价笔记本，画成小方格的内页，大理石纹封面。

在一个个大弯、呕吐的恶臭和对已故朋友私生活某种自然的尊重之中，我鼓起勇气读起他的日记来，似乎想起了——没错，从这儿开始——办公室里那些日常的工作，也似乎理解了他为什么越来越颓废、忘事，为什么发些没意义、没编号、没“有效投票”的公文，为什么有那么老的资历还最终被踢走，退休工资也泡汤了。

“今天去办了养老金。办事员那人真不错。我很满意，决定去咖啡馆花上五比索，就是当年我们老聚、现在我再也不去的那家，因为它总提醒我二十岁能比四十岁允许自己更多地挥霍。那时候我们还都在一个水平上，会正义凛然地反驳任何对同学的轻视，而且跟那些说谁出身不好或者没气质的人还真干过架。我以为很多人（可能是最低微的）会爬很高，在这儿，学校里，可以结下长久的友谊陪着渡过汹涌大海，然而不，事情没有发展成那样，无所谓规则定律，不少穷酸的依然穷酸，很多比在友好热烈的聚谈上预言的更有出息，另外我们这种当时看着前程远大的半路抛锚，给个补考弄得整个人都掏空了，被一道人生赢家和一事无成者之间看不见的鸿沟隔绝开来。总之，今天我又坐到那些椅子上——更现代了，还有自助饮料机，像一场侵略中的街垒——准备好好看看档案。我望见好些人，变样了，健忘了，被霓虹灯照亮了，飞黄腾达了。他们跟我几乎认不出来的咖啡馆一起，跟城市本身一起，用一种跟我不同的节奏逐渐雕琢着自己。不，他们已经不认识我了，或者不想认出我，最多——有那么一两个吧——用一只又肥又快的手在肩膀上拍拍。慢走啊您，招呼不周。他们和我中间横亘着高尔夫乡村俱乐部那十八个球洞。我把自己藏进档案里。充满期待、乐观预测的岁月鱼贯而过，阻碍其实现的所有缺憾也一一陈列。我突然很着急，急不能插手过去，也粘不起扔开了好久的拼图块，玩具箱总会被逐渐忘记，最后谁知道小锡兵、头盔和木剑给丢到哪里，再心爱的面具也都一样。有过确信、纪律、对责任的坚持，不够吗？还是太过了？有时候，对里尔克的回忆不断纠缠我。死亡是青春冒险的巨大报偿，年轻人，何不带上所有秘密出发？今天，我将不用再回望那些盐城。五比索？加两个当小费吧。”

“佩佩除了特别热衷于研究商法，还喜欢把事情理论化。他看见我从主教座堂出来，陪我一起走到国家宫。他已经不信教了，这还不够：走半条街就得制造一个理论，比方说，他要不是墨西哥人才不会信基督呢，而且——不是，你看哈，很简单，西班牙人来了，叫你拜这么一位上帝，肋旁被刺，血肉模糊，钉在个十字架上。被牺牲的人，被敬献的人。一种跟你全部仪式、整个生活这么接近的感情，可不就自然而然接受了吗？反过来，要是墨西哥被佛教徒或者穆斯林给征服了呢？让我们的印第安人崇拜一个死于消化不良的人，想象不出来吧。但是一个不光要人给他献祭，还让人把他心挖出来的上帝，嘿，真把威奇洛波奇特里将了一军！从狂热、血腥、注重奉献和仪式的角度看，基督教是土著信仰一种新奇但又自然的延伸，悲悯、仁爱、另一半脸的方面则被屏蔽了。在墨西哥就是这样：要信什么人，先得杀了他们。

“佩佩知道我从年轻的时候就喜欢一些墨西哥原住民艺术，收集小雕塑、神像、盆盆罐罐，周末都在特拉斯卡拉和特奥蒂华坎转悠。大概就因为这样，我花钱他总结，还老跟这些话题扯在一起。对了，我好长时间一直想找尊满意的查克·莫尔复制品，今天佩佩告诉我说拉古尼亚有家店在卖，石质的，要价也不高。我星期天去一趟。

“有个人真讨厌，把办公室饮水桶的水染红了，大家全乱套了。

我去跟主任汇报，他居然乐得不行，结果那个元凶整整一天都在到处张扬，挖苦我，水来水去的，切……！”

“今天星期天，我抽空去了拉古尼亚，在佩佩说的那家小店找到了那尊查克·莫尔。确实漂亮，真人大小。店主说保证是真品，我不信。石料很普通，不过不影响造型的优美和整体的紧凑。狡猾的卖家在他肚子上抹了番茄酱，好向游客吹嘘他血腥的真实性。

“把那玩意儿搬回家可比买还贵，好在总算是送到了。暂时放地下室，收藏间得重新摆放给他腾地儿。这种神像需要太阳，直射的、火热的，这是他的元素和条件。地下室黑咕隆咚真埋没他了，模糊一团、奄奄一息的样子，好像还做出鬼脸怪我不给他光。之前卖家有一盏射灯正好垂直打下来，把所有棱线变得柔和，给我的查克·莫尔一副更和善的表情，我也得学学。”

“一早醒来发现水管坏了。糊里糊涂地，我让厨房跑着水，漫出来流了一地，直灌进地下室都没发现。查克·莫尔扛住了湿气，可旅行箱都毁了。偏偏还是个工作日，搞得我上班都迟到了。”

“终于有人来修水管了。箱子彻底废了，查克·莫尔底座也长了青苔。”

“半夜一点，醒了，有种痛苦的呻吟，听着毛骨悚然。是不是进贼了。瞎想。”

“夜里的哀号还在继续，不知道什么东西，总之弄得我很紧张。更烦的是水管又坏了，雨也浸进来，地下室全淹了。”

“水管工不来，我绝望了。墨城的水务局真别提了。雨水不走地漏直往地下室灌，这还是第一次。不过呻吟声倒没了：一样换一样。”

“地下室抽干了，查克·莫尔长满了苔，样子很恐怖，全身像中了绿色的丹毒，只有两只眼睛除外，保留了石头的质感。星期天我来把苔刮掉。佩佩建议我换个公寓，住顶层，免得再发这种水灾。但是我不能扔下这座宅子，一个人住是大了点，波菲里奥时期的建筑风格也有点阴森，可这是对我父母唯一的继承和回忆了。要是街边半地下室是带自动点唱机的冷饮店，一楼是家装修店，我还真不知道是什么感觉。”

“我去用刮刀刮查克·莫尔身上的苔——像长进石头了，弄了一个多小时，下午六点才完事。光线不好，收工的时候沿着轮廓仔细摩挲，感觉每摸过一遍石料就变软一些。我不愿意相信：简直像面团一样了。拉古尼亚那人把我蒙了，什么前哥伦布时期的雕像，纯粹是石膏，一受潮就完了。我给他盖上几块布，趁还没全坏，明天搬楼上去。”

“布在地上。难以置信。我又摸了摸查克·莫尔，变硬了，但还没恢复成石头。我都不想写下来：躯干有某种肌肉的质地，按一按，橡皮似的，感觉有东西在这斜卧的雕像里流动……夜里我又下去一次，没错：查克·莫尔手臂上有汗毛。”

“我从来没这样过，办公室的事儿弄得一团糟，汇了一笔还没授权的款，主任都提醒我留神了；对同事可能也不礼貌。我得去看医生，问问是我想象力太丰富还是神志不清或者别的什么，另外还得把那该死的查克·莫尔处理掉。”

到这里，菲利韦托的字还是他平常的样子，宽宽的，有点椭圆形，我经常在备忘录和表格里看见；八月二十五日那天却像是另外一个人写的，有些地方像小孩，费劲地把每个字母分开，有些又显得紧张，轻得认不清。断了三天，故事重新开始：

“一切都是那么自然，然后人就信以为真了……但这确实是真的，不光是我信的问题。水桶是真的，开玩笑把水染红就更真，因为这会让我们更好地注意到它的存在，或者说‘在’……真实是倏忽即逝的雪茄烟圈，是哈哈镜里的怪物形象，所有死去的、活着的、被忘记的，难道不真？如果一个人梦里穿过天堂，有人给他一朵花作为到过那里的证明，醒来的时候花就在手上……那怎么说？……真实：有一天被打碎成一千片，头落在这儿，尾巴掉在那儿，我们看到的不过是她巨大身躯上散失的碎片之一。海洋自由虚幻，只有囚进海螺的时候才变得真实。直到三天前，我的真实还停留在今天被抹除了的那个层面：条件反射、例行公事、会议纪要、公文包。之后，突然像某天震动起来的大地（让我们想起她的伟力），或者总有一天会来的死亡（谴责我对人生的渐忘），另一种真实昭示出来，虽然从前也被感知，但一直无主似的游荡，现在重来震撼我们，试图恢复生机和话语。我再次以为是我的想象：柔软优雅的查克·莫尔一夜之间变了颜色，黄色，几乎是金色，似乎指示我他是一位神，目前还隐忍不发，但膝盖已经放松了不少，笑容也更和善了。昨天，我突然惊醒，慌乱地确定夜里有两个呼吸声，黑暗里跳动着我自己之外的更多脉搏。是的，楼梯上有脚步声。噩梦。继续睡……不知道努力了多久，再睁眼的时候天还没亮。房间里一股恐怖、树脂熏香和血的气息。我摸黑把房间巡查了一遍，最后停在两个闪光的小孔上，两个冷酷发黄的三角旗形状。

“差点背过气去！我打开灯。查克·莫尔站在那儿，挺直了，面带微笑，赭黄色，肚子肉鼓鼓的；两只细眼睛都把我看木了，斜吊着，跟三角形的鼻子贴得特别近；下排牙齿紧咬着上嘴唇，不动，只有大得过分的头上那个方形冠的闪光透出一丝活气。查克·莫尔朝床走过来，雨开始下。”

我记得菲利韦托是八月底被部里解职的，主任当众批了他，还有传言说他疯了，甚至偷东西。我不信。是有一些混乱的文书，他问处长水有没有气味能闻见，向部长主动申请去沙漠降雨。我也不知道他在干吗，是不是那个夏天雨太多让他脑子进水了，或者住那座老宅子造成了什么精神上的抑郁，毕竟一半房间都锁着落灰，没有仆人也没有家庭生活。接下来的日记就到了九月底：

“愿意的时候，查克·莫尔还是可以相处的……让人陶醉的汩汩水流声……他知道很多神奇的故事，季风啦、赤道雨啦、作为惩罚的沙漠啦；他神话级别的父神地位也由每种植物揭开：柳树，离经叛道的女儿；荷花，宠儿们；仙人掌是岳母。我不能忍受的是他的气味，出离人类，在这身不是肉的肉体和闪烁远古气息的拖鞋上挥之不去。带着尖利的笑声，查克·莫尔讲述他是怎么被勒普隆荣发现、跟崇拜其他偶像的人混在一块儿的。他的精魂经历过水罐和暴风雨，那很自然，但他的石身是另外一回事，把他从隐藏的地方挖出来是人为的、残酷的。我想查克·莫尔永远不会原谅这件事。他知道美学事件的急迫性。

“按理我该给他准备萨波利奥牌肥皂，卖家以为他是阿兹特克人的，往他肚子上抹了那些番茄酱，得好好洗洗。问他跟雨神特拉洛克的亲缘关系好像让他不怎么高兴，生气的时候，那本来就很恶心的牙齿露出来锃亮发光。头几天他还回地下室去睡，昨天开始，睡到我床上了。”

“旱季开始了。昨天，从我现在睡的厅，又开始听见最初那种低沉的呻吟，然后是一片稀里哗啦的声音。我爬上楼，把卧室门推开一半：查克·莫尔正在砸灯和家具；他张开被划伤的双手扑过来，我赶紧关门躲进浴室……后来他喘着粗气下来要水喝，让各处水龙头整天开着，屋里找不到一厘米干的地方。我睡觉都裹得紧紧的，求他别把客厅弄得更湿了。”[1]

“查克·莫尔今天把客厅淹了。我气坏了，说要把他送回拉古尼亚。他狞笑起来，不同于任何人或动物的尖利声，更可怕的是他给了我一巴掌，举着满臂的粗大手环甩过来。必须承认：我成了他的俘虏。我最开始可不是这么想的：我以为是自己占据了查克·莫尔，就像占有一个玩具，大概是小时候那种安全感的延续吧，但是童年——谁说的来着——是被岁月吃掉的果子，我没注意罢了……他穿上了我的衣服，长出绿苔的时候就换成罩袍。查克·莫尔习惯被顺从，时时处处，而我不是发号施令的那种人，只能一再屈服。只要不下雨——他的神力呢？——他就总是狂躁易怒。”

“今天我发现查克·莫尔晚上老出去，每天天黑的时候，哼起一首走调的歌，很古老，比歌唱本身还要老，然后突然没声。我敲

1. 菲利韦托没有解释他跟查克·莫尔用什么语言交流。——原注

了几下门，没有回应就壮胆进去。那个卧室我从差点被攻击那天起就没再进去过，现在几乎成了一片废墟。渗透整座房子的那股血和熏香的气味在这里尤其浓烈。门后一堆骨头，狗的、猫的、老鼠的，这是查克·莫尔晚上出去偷的给养。难怪每天清早都有那让人心惊肉跳的叫唤。”

“二月，天气干燥。查克·莫尔盯着我的一举一动，还让我给一家餐馆打电话，叫人每天送鸡肉饭来。但是我从办公室弄的钱已经不剩多少，不可避免的事发生了：一日开始，因为欠费，断水断电。结果查克又发现了离家两个路口的一座公共喷泉，逼我每天给他提十到十二趟水，他在阳台上监视着，说要是想逃的话就当场劈死我。他也是闪电神。他不知道我已经知道了他的夜行活动……因为没电，我八点就睡觉。按理说我应该习惯查克·莫尔的存在了，可不久之前，在一片漆黑的楼梯跟他撞上，我还是差点没吓得喊出来，他手臂冰凉，焕新的皮肤上长着鳞片。

“如果再不快下雨，查克·莫尔会重新变成石头。我发现他近来行动开始吃力，经常一连几个小时斜躺着，一动不动，好像又是尊雕像了。不过这些休息又给了他新的力气折磨我，抓我，好像能从我肉里挤出什么汁儿来。从前给我讲老故事的友善间隙已经没有了，我只注意到加剧的怨恨。还有一些别的迹象让我更不放心：酒窖快空了，他把我晨衣的绸子摸来摸去，想叫我雇一个女仆，还让我教他用香皂和乳液。我觉得查克·莫尔正在一步步陷入人世的诱惑，曾经看上去永恒的脸几乎出现某种老态。这或许是个得救的办法：如果查克·莫尔变成人，说不定活过的几百年积压成一个瞬间，他也会被雷电劈死。不过这或许同时酝酿着我的死亡：查克绝对不会想让我看见他的崩溃，他可能要杀了我。

“我今晚要趁查克夜游的时候逃掉。去阿卡普尔科，看怎么找个工作吧，等查克·莫尔死掉。快了，他头发灰白，身子都浮肿了。我得去晒晒太阳游游泳，恢复一下体力。还有四百比索。住穆勒旅馆，便宜还舒服。就让查克·莫尔占着这儿：我倒想知道没有一千桶水他能撑多久。”

菲利韦托的日记到这儿就完了。我不愿再想他的故事，直睡到库埃纳瓦卡，从那儿到墨西哥城的路上，才试着把记录理出些头绪，跟工作太忙联系起来，或者加点心理问题。晚上九点到站的时候，我还是想象不出他到底发了什么疯。我雇了辆车把棺材运到菲利韦托家，准备在那儿安排葬礼。

没等我把钥匙插进锁孔，门就开了。面前一个黄皮肤的印第安人，穿着家居服，戴着围巾。他的样子恶心得不能再恶心了，廉价花露水味儿，扑了厚厚一层粉想掩盖皱纹，嘴上拙劣地抹了些口红，头发像是染过的。

“抱歉……您可能不知道菲利韦托已经……”

“没关系，我什么都知道，请让他们把尸体抬到地下室去。”

（于施洋　译）

印度篇

根据一些历史学家的说法，科学在印度的源头可以追溯到公元前 1500 年至 1000 年之间，当时雅利安入侵者带来了《吠陀经》，这些宗教哲学书籍将自然界人格化，并且提供了处理生命与自然现象的哲学与仪式方法。例如，在日食期间人们要禁食并且将全身浸泡在河流中，孕妇也不得观看日食。但是讲究实用主义和实验主义的西方科学直到 19 世纪末才在印度产生了影响。

1897 年，著名的自由斗士[1]贾格迪什·钱德拉·鲍斯（Jagadish Chandra Bose）发表了一部用孟加拉语创作的长篇小说《驯服风暴》（*Agosh*），其中描述了用某种毛发油来平息海上风暴的情节。这是将化学与自然联系起来的早期尝试。大约在儒勒·凡尔纳的《从地球到月球》也得译介的同一时间，S. B. 拉纳德（S. B. Ranade）用马拉地语出版了《星星的欢笑》（*Tarache Hasya*），另一位作家纳什·马德哈夫（Nath Madhav）也用马拉地语出版了《斯里尼瓦萨·拉奥》[2]

1. 原文如此。实际上印度著名的自由斗士是另一位，即苏巴斯·钱德拉·鲍斯（Subhash Chandra Bose）。
2. “斯里尼瓦萨”是印度教神话中毗湿奴的化身之一；“拉奥”是印度婆罗门贵姓，意为“王”。

（*Srinivasa Rao*）。但是就像许多其他国家的情况一样，早期印度科幻作品的情节看起来很像印度的神话故事，因此印度人往往将其视为青少年文学，这种声誉至今仍然在阻碍印度科幻的发展。

印度的历史就是一部漫长的文明统治反复遭到入侵征服者打断的历史，印度的国情因此尤为复杂。例如，英国人从1612年开始以东印度公司的名义在印度展开了军事行动，在1760年打败了法国与伊斯兰教的对手，在1857年将印度的行政管理权收归英国王室，最终在1947年商定了《印度独立法》。这段历史的遗迹就是如今印度使用的203种语言，其中最常见的是印地语、孟加拉语和马拉地语，官方语言则是印地语和英语。因此，印度的科幻小说史必须按照不同语言来各自表述。

印地语作家杜加普拉萨德·卡特里（Durgaprasad Khatri）在1925年和1926年出版了几部浪漫与冒险科幻小说，另一位印地语作家桑普尔纳兰德博士（Dr. Sampurnanand）在20世纪50年代初写了《从地球到大熊星》（*Prithvi se Saptarshi tak*）。其他印地语作家还包括流行科学杂志《向科学进军》（*Vigyan Pragati*）的主编普拉喀什·夏尔马、纳瓦尔·比哈里·米什拉博士、哈瑞·克利须那·德夫雷沙博士［曾让儿童杂志《帕拉格》（*Parag*）发行了科幻特刊］、拉结什瓦尔·甘加瓦、拉梅什·达塔·夏尔马和普雷马南德·昌多拉。

著名电影制作人萨蒂亚吉特·雷伊（Satyajit Ray）创作了一部科幻漫画，主人公是“瞬库”教授，由此为孟加拉科幻增添了光彩。孟加拉的科幻杂志《神奇》（*Fantastic*）曾发表过尼兰詹·辛纳、纳拉扬·桑亚伊、埃纳克希·查托帕迪亚雅以及杂志主编阿德里希·巴尔德班等人的作品。

但是英文科学杂志《2001年》（*2001*）的编辑穆库尔·夏尔马却认为用英文创作的印度科幻作品一文不值，尽管他出版过译成其他语言的印度科幻，他本人也创作过英语科幻作品。他持这一观点的原因在于用英文写作的印度科幻作家数量太少，而且印度的世界观“充满了幻想内容（神灵、驱魔、驱邪、安抚亡灵等），以至于我们觉得没有必要创作更多的虚构作品”。迪利普·M. 萨尔维（Dilip M. Salwi）是一个例外，他从科学家转型成了科学记者，一直在为儿童和青少年创作科幻故事。

马拉地语是包括孟买在内的印度西部和中部地区的印度人所使用的语言。这种语言为印度科幻研究提供了不同的视角。据马拉地语作家巴尔·篷达克（Bal Phondke）观察，印度科幻在20世纪70年代得到了重生，因为人们认为需要用许多地区性语言来普及科学，并将科幻小说当成了科普媒介。这一努力只在马拉地语、孟加拉语和泰米尔语这三个语种中取得了成功。为了进一步了解科学知识而成立的组织包括大约20种时常发布科幻作品的期刊，孟买的几家杂志也会在排灯节之类的节庆日出版科幻特刊。

20世纪50年代，G. R. 蒂凯卡、加扬南·克什萨迦和D. C. 索曼用马拉地语创作了一批短篇科幻，B. G. 巴格瓦特翻译了儒勒·凡尔纳与H. G. 威尔斯的作品。1974年，天体物理学家贾南特·纳拉利卡尔博士（Dr. Jayant Narlikar）效仿他的导师、英国天文学家弗雷德·霍伊尔（Fred Hoyle）的先例，也投入了科幻创作之中，给科幻领域带来了显著的声望。篷达克曾将阿西莫夫的科幻创作划分为四个阶段：冒险阶段，侧重科学阶段，社会阶段以及侧重个人风格阶段。他认为马拉地语科幻在20世纪70年代从第二阶段起步并且迅速进入了第三阶段。他在1993年出版的一本文集的序言中写道，印度科幻的独特之处“并不取决于它的地域源头，而是取决于赋予其灵魂的文化与社会氛围”。

他继续主张，虽然科学具有普遍性，但是“一旦开始勾勒科学对于人的属性、反应和情感的影响，情况就要完全取决于包容个体的文化结构……即使在印度科幻这个大类当中，我们也可以看到马拉地科幻与孟加拉科幻不同，孟加拉科幻又与泰米尔科幻不同。这是因为科幻体裁在这些不同语言当中发展出了不同的样貌，并且取得了高下悬殊的不同地位。无论是从数量上还是从质量上来说，最强的科幻潮流都存在于马拉地语当中……”

篷达克认为马拉地语科幻繁荣的根源在于“堪称印度的约翰·坎贝尔的敏锐天才阿南特·安塔卡尔（Anant Antarkar）参与了一份非主流期刊《纳瓦尔》（*Naval*）的编辑工作，为其提供了持续、一贯且富有同情心的客观支持”，而且马拉地科学大会还会组织年度科幻小说大赛。马拉地科幻的主要作者之一拉克斯曼·隆德（Laxman Londhe）正是通过获得这一奖项开始了创作生涯。虽然他是一名律师，也是一名金融主管，直到不久前退休后才开始从事全职写作，但他的作品涉及多个不同领域，特别是广播电视与科普。其他的马拉地语科幻作家包括尼腊扬·甘地、苏博赫·贾瓦德卡、索布哈德拉·各各缇、G. F. 乔西以及同时身为科普作家的篷达克。

篷达克还认为，孟加拉语科幻并没有在萨蒂亚吉特·雷伊这位先驱者的基础上充分发展。喀拉拉邦民众科学运动组织倒是很受欢迎，但“几乎没有用马拉雅拉姆语这种邦内官方语言创作的科幻小说”。

虽然印度没有专门的科幻组织，但是住在孟买的马拉地语作家每月都会在马拉地科学大会办公室举行一次会议，讨论彼此的故事。至少有一次全国科普作家会议举办了关于科幻的讨论环节，约有200名科学家参加。M. H. 斯里纳拉赫利在那次会议上发表了一篇报告，题目是印度科幻中的机器人题材。他把印度科幻发展之缓慢归因于工业革命的姗姗来迟、农业的主导地位以及低廉的劳动力成本。但这一切都在改变。篷达克在作品集序言中总结道："需要将印度的贡献与世界各国的贡献进行交叉授粉。要做到这一点，就必须对印度科幻小说的全部内容进行反思，这样才能认识优点并且找出不足。"很多迹象都能表明印度科幻小说的自我意识正在日益增强，例如斯里纳拉赫利正在计划举办一次国际研讨会，并成立了由韦洛尔市一所大学的英语教师兼科幻小说学者 K. S. 普鲁肖萨曼博士领导的印度科幻小说研究协会。

（万年看客　译）

马拉地语经验

在第二个千禧年即将到来之际，印度科幻小说的处境很类似于当年苦苦等待着雨果·根斯巴克与《惊奇故事》的西方科幻界，换言之，正在为了获得定义与认可而苦苦奋斗的印度科幻需要一个焦点，从而使得自身的各种元素得以融会贯通。同时，西方科幻小说的榜样使印度科幻小说跳过了若干早期发展阶段。就作家的处境而言，印度科幻小说的发展状况与 20 世纪 30 年代末甚至 40 年代的情况类似：很多兼职作家都在创作科幻小说，但由于出版机会有限，他们不得不从事其他工作，包括创作其他类型的虚构与非虚构作品。而且巴尔·篷达克还曾提出，就主题发展而言，印度科幻小说从侧重科学的层次开始，很快就进入了美国科幻小说在 20 世纪 40 年代末 50 年代初达到的侧重社会层次。

拉克斯曼·隆德代表了印度科幻中的许多典型且大有前途的特色。他出生于 1944 年，主修化学，获得了理科学位，然后又获得了法学学位。他曾在孟买某家得到世界银行援助的金融机构担任经理，但在 1995 年提前退休并且继续从事写作。

他的创作历程始于1978年，这一年他翻译了一部关于越南战争的小说，随后他又在1980年出版了一部描写少男少女恋爱的小说《希多里》。在投身科幻创作之前，他发表了30多篇短篇小说。但是后来他参加了马拉地科学大会主办的年度科幻小说比赛并且获奖，然后以此为契机与C. D. 德希穆克（C. D. Deshmukh）共同创作了他的第一部长篇科幻小说《众神被杀》（*Devansi Jive Marile*，1983）。这部小说标志了他写作道路上的里程碑，其灵感来自埃里克·冯·德尼肯（Erich von Däniken）的作品，并被翻译成印地语在全国各地出版。

隆德的第一部科幻短篇小说集《1995年7月22日》（*22 July 1995*）于1984年出版。1985年他又出版了一部非科幻短篇小说集，1987年出版了独幕剧《生命保险万岁》（*Ayurvima Zindabad*），以及报纸专栏文集《阿兹鲁卡》（*Azroka*）。他的第二部科幻小说、与卡萨利卡博士（Dr. Kashalikar）合著的《豚鼠》（*Guinea Pig*）于1987年出版并且被孟买电视台改编成了连续剧。他的第二部科幻小说集《爱因斯坦第二》（*Dusara Einstein*）于1989年出版并获得邦文学奖。此后他又出版了一部侦探小说集《烙印仪式》（*Taptamudra*，1994）、一部科普文集《沙之颂》（*Valucha Gaan*，1995）、一部收录了两则短篇小说的《阿拉尼雅卡与克阿姆》（*Aranyak ani Koham*，1995）、一部关于未来学的《在千年纪念前夕》（*Navya Yugachya Umbarthyavar*，1996）、一部关于臭氧层耗竭的《天空撕裂》（*Abhal Phatlay*，1997）。

但是，隆德出版的作品只是他的创作经验的一部分。他写了一部科学剧《一小时五十五分钟》（*One Hour and Fifty-five Minutes*），由马拉地科学大会出版，并由多个实验剧团演出；他的许多儿童科幻故事得到了广播并且被制成录音带；他多次参加了全印度广播电台“科学小组”节目；他参加了以科学为主题的讨论活动；他写的广播剧既以印地语出品，又以马拉地语出品；他曾现场为听众表演了二十多场“Vigyan katha kathan”，即传统的口述故事，他认为以这种方式向广大农村文盲人口进行科普大有可为。

从某种意义上说，隆德很像 A. E. 范·沃格特。就像范·沃格特一样，他在开始科幻创作之前就已经写了 30 多篇短篇小说，并且能够将获得的经验运用到新的兴趣当中。另一方面，身兼科普作家身份的隆德也很像艾萨克·阿西莫夫。他从阿西莫夫、卡尔·萨根、阿瑟·克拉克等作家的身上，以及苏联的米尔（Мир）等出版社出版的低价科普书[1]中学会了如何使用通俗易懂的语言来传播科学知识。而他的科幻作品则侧重于科学对于人的伦理与心理的影响——正好对应了巴尔·篷达克所描述的西方科幻发展的第三阶段。

《爱因斯坦第二》正是反映这一创作路线的范例。这个故事彰显了科学的目标与人类承受的后果之间存在着怎样的鸿沟。是否应该通过激进的医学技术来保存一个世界级天才（一位“爱因斯坦”）的潜能，不惜为此付出巨大的牺牲，甚至违背科学家本人的意愿呢？如果当真这样做，最终实现的又是谁的目标呢？

（万年看客　译）

1. 苏联一批出版社曾在印度发行了大量的廉价科普书籍，其中尤以米尔出版社为著。

爱因斯坦第二

［印度］拉克斯曼·隆德 著

［印度］阿伦达蒂·迪奥斯塔勒 英译

全印度医学科学研究所是一家庞大的研究机构，共有三间重症监护病房，分别位于一楼、三楼和八楼，其中八楼的那一间是专门为收治超级贵宾预留的。上周整整一周的时间，八楼的那间重症监护病房都颇为喧闹。

当总理的私人顾问斯里尼瓦桑博士被推进来的时候，病房里就热闹起来了。他得了肺癌。八楼的这间病房由齐塔莱医生负责。即便经过了一周的治疗，斯里尼瓦桑博士也仍然没有表现出明显的好转迹象，他右肺里的那团癌瘤正在缓慢地增大。齐塔莱医生再清楚不过了，好转的希望微乎其微，这种可怕的疾病将会夺去斯里尼瓦桑博士的生命，而且这一天已经不算太远了。齐塔莱医生对此了如指掌。

现在是早晨八点钟，医院里拥挤的人群每时每刻都在不断扩大。眼看就要换班了，外面卖水果的小贩生意兴隆得很。

齐塔莱医生的车在八点整准时开进了研究所。他在入口处下了车，他的司机把车朝着停车位开去。

门口的守卫向他行了个礼。

齐塔莱医生沉浸在自己的思绪中，径直朝电梯走去。有人悄悄地说："主任医师来了。"电梯操作员对其他人不理不睬，让齐塔莱医生进了电梯。他向医生轻言细语地打了个招呼，走到角落里，启动了电梯，往上开去。

电梯一路上升，在八楼停了下来，这时电梯操作员把门打开，站到一旁，为齐塔莱医生让路。

当然了，八楼装着中央空调。重症监护病房大门旁边的守卫也恭敬地向齐塔莱医生鞠躬，将他让进门内。

踏进大门时，齐塔莱医生注意到了两件事：首先是宜人的凉爽，其次是有一支黑猫突击队[1]也在现场。凉爽的空气令他精神一振，但国家安全卫队的出现却让他觉得扫兴。不过他对此基本上无能为力。斯里尼瓦桑博士是位相当重量级的人物，他不仅是位科学家，同时还是总理的技术顾问。他固然是在研究所接受治疗，但军方却似乎承担起了挽救他生命的责任。假如他果真已是奄奄一息（当然，他确实也离死不远了），那么军方的职责就是要将他的身体和灵魂捆在一起。这个想法让齐塔莱面露苦笑。身为医生，齐塔莱医生对于灵魂和死后灵魂离体这些迷信思想并不买账；但是，在重症监护病房附近部署国家安全卫队，似乎只有这一目的了。

医生来到了他的病房。护理人员向他行了个礼。护士站在那里，他的秘书跟他打了个招呼。护士将斯里尼瓦桑博士的病历表递给他，上面记录着过去这十个小时的病情进展，然后便安静地站在一个角落里。

"我过会儿再去巡视，如果需要你们的话，我会叫你们的，不过请让我单独待上半小时，我要思考。"医生对她们说，于是两人都走

---

1. 印度的反恐部队"国家安全卫队"的昵称。

出了房间。

眼下，齐塔莱医生身边再无旁人。他飞快地扫了一眼斯里尼瓦桑博士的病历表，目光转向角落里那瓶新鲜的玫瑰。玫瑰是他的心头所好。

“该死的。”他一边嚷嚷着，一边用拳头捶打放在桌上的斯里尼瓦桑博士的病历表。

斯里尼瓦桑博士年事已高，他已经六十七岁了。他的恶性肿瘤无论是对化疗还是放疗都没有反应。在这样的高龄，他也禁不起肺部外科手术。肺移植在全世界无论哪个地方都尚未获得成功，在印度就更不用说了。

“他只能死，我没办法。”齐塔莱医生自言自语地说，这句话就像是法官在宣判死刑一样。事实上，这是大自然做出的决定，齐塔莱医生无法将其逆转。

卡纳准将的话突然在齐塔莱医生的耳中清晰地大声响起，仿佛这人此刻就在眼前似的：“可是他不应该死，他必须活着，你必须得让他活着。”

昨天曾经举行过一次高层会议。当然了，齐塔莱医生对这次会议并不算太重视，这正是因为除了卡纳准将和他本人，与会众人没有一个是来自医疗领域的。参会者多数都是来自不同领域的要人，比如政治、军事和医学以外的其他科学领域。

科学家们认为，事实证明，斯里尼瓦桑博士是继阿尔伯特·爱因斯坦之后最伟大的一个人。在物理学研究领域，牛顿和爱因斯坦被视为两大高峰，而斯里尼瓦桑博士或许即将成为第三大高峰。爱因斯坦提出了相对论，证明了物质与能量密不可分。唯有在这一理论的基础之上，人类才形成了原子能的概念。直到生命走到尽头之前，爱因斯坦一直在相当努力地钻研另一门理论——统一理论。他曾想通过这一理论证明，电能、磁能和万有引力都是某种作为鼻祖的单一作用力的若干表现形式。一旦证明了这一点，就可以进行消除引力的实验。又或者人们就能以电磁能作为基础，开发出一种与之极为相似而方向相反的反重力。如此一来，人类就有可能消除引力的影响，将物体送到宇宙中的任何一个地方。换言之，这样便可为人类去四面八方闲逛一番铺平道路。不幸的是，爱因斯坦去世时，这项理论仍在研究当中，他的这项任务迄今仍未完成，因为自他之后，还没有出现过与他的水准相媲美的人来继续他的研究。当然，有些物理学家兼数学家曾经尝试过，不过最终还是由于力有不逮而放弃了。

正是斯里尼瓦桑博士在爱因斯坦尚未完成的研究中发现了线索，而且似乎找到了正确的方向。作为一名崭露头角的科学家，他发表的论文显示出了巨大的成功的希望，印度政府对此给予了应有的重视。自从那些日子以来，斯里尼瓦桑博士的安全便得到了关照，就如同总理或者总统那样。他进一步的研究工作得到了最大限度的保密。从此，斯里尼瓦桑博士就成了极为重要的人物。

正因为如此，他身患绝症并被全印度医学科学研究所收治一事也始终处于保密状态。

因此，在这次会议上达成了如下共识也就不足为奇了："这样的天才千百年才诞生一次，人类不得不等待许久，才能碰上一位这么才智卓绝的人物。斯里尼瓦桑博士出生在我国，实在是我们福星高照。务必不惜一切代价让他活着。"

唯有齐塔莱医生——或许还有卡纳准将——才知道，要挽救一个癌症病人几乎是不可能的事，更何况癌症已经侵入了像肺这样生死攸关的器官。但他肩负的是挽救斯里尼瓦桑博士的性命这项至关重要的任务。卡纳准将早就知道，这是在要求奇迹出现，不过既然要为此负责的是齐塔莱医生，那他就正好乐得跟众人一起异口同声地大谈挽救斯里尼瓦桑博士性命的重要性了，这样还可以讨上司的欢心。

这确实让齐塔莱医生陷入了困境。“我们正付出巨大的努力，以免产生哪怕是一点点微小的失误。”他当时试着用这种话来做出含糊其词的保证，不过与会者没有一个人对此感到满意。

他自己也不满意！

过了一会儿，齐塔莱医生站了起来，去看一眼斯里尼瓦桑博士。

癌症患者有这样一种特性：在癌症发展到末期之前，在体内没有并发症的情况下，患者似乎处于正常状态。他能说话，情绪也不错。但即使斯里尼瓦桑博士看上去还算健康且心情愉快，由于他超级贵宾的身份，他还是被送进了重症监护病房，并被建议最大限度地休息。

斯里尼瓦桑博士大体上是位坦诚而直率的人，有着讨人喜欢的幽默感。齐塔莱医生认为这算是个优点，因为总体而言，一旦得知自己身患绝症，人们的精神就会开始崩溃。他首先会在心理上死亡，然后才是在身体上一病不起。另一方面，如果一个人热爱生命的话，他就会很快痊愈——当然了，前提是他所患的疾病并不致命。

斯里尼瓦桑博士正躺在床上，由于发际线后移，他本就宽阔的前额显得更宽了。发间有一绺绺雪白如阿尔卑斯山的白发，与他的年龄很相称，蓄起的胡须也已然变白。他面露倦色，却一眼就能看出与生俱来的调皮气质和翩翩风度。

当齐塔莱医生走进房间时，斯里尼瓦桑博士微笑着表示欢迎，说道：“来吧，医生，请进。你看着有点累啊。像我这样的病人确实让医生们觉得讨厌吧。医生总会躲着讨厌的人，对不对？”

齐塔莱医生发觉自己在笑，他第一次觉得松了一口气。斯里尼瓦桑博士轻松愉快的话达到了理想的效果。

“你打算宽限我多久呢？我可不会当一个冥顽不灵的佃户，执意要求太长的宽限期。”

“斯里尼瓦桑博士，我有什么资格给你宽限期呢？但愿你长命百岁，我们所有人都是这么希望的，不过当然了，不是住在这儿，也不是像这样活着！说实话，我是来请你尽快搬出这个地方的。我不希望你出院时还跟入院时一个样。回去的时候成了个健康的人才好，充满活力！”

“是啊，确实如此，我得走了。有那么多工作要做，而现在我只能待在这里，处于这种状态。”

斯里尼瓦桑博士的口气听着就像被迫与心上人分开了似的。他对他的研究工作还真是全神贯注啊。

“斯里尼瓦桑博士，这一切的原因都在于你吸烟，过度吸烟。”齐塔莱医生抱怨道。

“我能怎么办呢？不管做什么事，我都不会马马虎虎的。一旦投入其中，就会全身心地投入——无论是对女人也好，对研究也罢，或者是对抽烟，我都是这个态度。你说呢？”

齐塔莱医生开始喜欢斯里尼瓦桑博士那令人放下戒心的单纯了。闲聊的时候，他没什么架子，也几乎意识不到自己身为国际知名科学家的身份。他的行为举止简单而活泼。即便癌细胞正在一点点蚕食着他的肺，有时候他也还是会问：“眼下你觉得加瓦斯卡尔[1]怎么样？这回他该破百分了，不是吗？咱们打个赌吧！要是我输了的

1. 印度板球运动员。

话……呃，在我真的输掉以前，我可能已经翘辫子了。所以自个儿先想清楚了再跟我赌！”

齐塔莱医生目露钦佩地说：“你说我看着很紧张，对吧？我之前是觉得紧张。要知道，你被世人称为爱因斯坦第二呢。”

“哈！这不算什么。等我结束了关于统一理论的研究，人们就会开始称爱因斯坦为‘斯里尼瓦桑第一’了。”

斯里尼瓦桑的话充满了对自己智力的极端自信。事实上假如可以将自己生命中两三年的时间让给另一个人的话，此时此刻，齐塔莱医生就会欣然这么做。

但是那不可能。

“他非死不可，我没办法。”齐塔莱医生对自己说。他并没有将心里的恐惧宣之于口，但这让他觉得很惨。

他朝护士和护理员吩咐了一些必要的话，便回屋去了。

他觉得，斯里尼瓦桑博士迫在眉睫的死亡意味着他自身的失败。他心里一清二楚，就算斯里尼瓦桑果真死了，他也不会被追究责任。大家都知道，死亡是不可避免的，毫无疑问，就算是军方那些愚蠢的官员也明白这一点。他知道，自己正在打一场胜算极小的必败之仗。但他真心诚意地希望斯里尼瓦桑博士能再多活一段时间。

次日早晨，齐塔莱医生兴高采烈地跟斯里尼瓦桑博士打招呼道：“早上好啊，爱因斯坦第二。”

“早上好。”

他将一张椅子拉到病人床边，坐下来跟他聊天。其实他早就打定了主意，要跟斯里尼瓦桑博士认真地谈一谈。

“斯里尼瓦桑博士，小时候，我参加过很多回齐颂圣名的活动。在那些宗教演说中，曾经翻来覆去地讲到过‘梵’（真相）和‘摩耶'（幻相），也就是用灵魂和身体来解释存在的本质……"

"老天爷啊！你是来跟我宣讲灵性的吗？看来我的末日就快到了。我听说过，人们会让判了死刑的罪犯听《薄伽梵歌》里面的歌。这是不是跟那个差不多？"

"不是！不是！斯里尼瓦桑博士，请别误会我的意思。我是想让你变成不灭之身。我们的传统告诉我们，有七位长生不死的人。我想，这样的人还可以再多一个，不是吗？"

"好吧，好吧，说给我听听。你刚才说到齐颂圣名……"

"就是说……领颂者会问观众：'当你说我的手、我的腿、我的心时，你指的是什么？当你说我的手时，意思就是你和你的手并不相同。你就在那里，就算你的手被毁掉了，你也并没有被毁掉。当你说我的脑袋、我的耳朵、我的眼睛时，这个第一人称单数指的是谁呢？'停顿一会儿之后，领颂者自己就会回答：'那就是灵魂——是神圣宇宙之魂的一颗微粒'……"

"齐塔莱医生，你说的这些话你自己真的相信吗？我看，咱们俩都是科学家，而科学家还没有接受灵魂的存在。"

"没错，没错，我还没说完呢，让我先把想说的话说完。我只是拿领颂者来举个例子。我想表达的是完全不同的意思。"

"好吧，请接着说……"

"在领颂者的宣讲当中，如果把'灵魂'这个词换成'大脑'的话呢？"

"医生，你想说什么？"

接下来，齐塔莱医生便开始热切地向斯里尼瓦桑博士诉说自己的想法。昨晚，当他躺在床上时，他忽然冒出了这个耸人听闻的主意。他越是琢磨，这个想法就显得越是可行，越是具备实际操作的可能性……只是还没有获得过实验的证明。或许，像斯里尼瓦桑博士这样的先驱科学家注定要参与到另一项神奇理论的假设中去。他会在医学领域这次革命性的实验里充当小白鼠，不过在这一点上，征得他的事先同意绝对是有必要的。一旦这次实验取得成功，那么，斯里尼瓦桑博士就会真正地活下来。他可以继续活着，完成他的使命，揭开大自然之谜。他可以证明爱因斯坦就是“斯里尼瓦桑第一”。

齐塔莱医生说：“斯里尼瓦桑博士，我们俩都是物质方面的科学家。我之所以要用精神方面的论证来开头，是因为我想把自己的思想表达得更清晰一些。明明白白地说起来，我们所指的‘人’并不是‘灵魂’。‘人’其实相当于‘大脑’。只要这团半公斤重的棕色物质还在头颅里搏动，还在正常地发挥作用，那我们就还活着。一旦它不再运转，我们就死了。我们体内的所有器官都仅仅是为它服务的，所以，大脑在一定程度上可以被替代或改变。就算甲被填上了乙的心、丙的眼睛或者丁的肾，他也不会变成甲乙丙丁。甲还是甲。其余所有的器官就像是大脑的仆人，只是执行大脑下达的命令而已。”齐塔莱医生停顿了一下，卸下了思想当中一个巨大的包袱，他觉得如释重负。

“好吧，好吧，你用不着再跟我解释了。医疗领域我并不精通，不过我能理解你的目的是什么。”斯里尼瓦桑博士冷冷地答道。或许他已经想到了跟齐塔莱医生相同的想法。

“不是这么回事，斯里尼瓦桑博士。对于你掌握某种思想的能力，我没有丝毫的怀疑——就算仅仅是跟你提一提建议，对你来说也是种侮辱。其实我想跟你进一步讨论一下这个问题，可以吗？”

“请讲。”斯里尼瓦桑博士带着一丝让人放下戒心的微笑，说道。

“斯里尼瓦桑博士，你有一侧的肺部失去了功能，我们无法将其修复或是更换。但你的存在并不需要依赖于某个单一器官的功效。

你的大脑才是你。你受癌症影响的肺部会夺走你的身体，这个我挽救不了，但我可以挽救你的大脑，你可以以大脑的形式存在于这个世界。”

“可是你怎么会觉得这种形式的存在对我或者对世界有所帮助呢？”斯里尼瓦桑博士说。

“这一点我考虑过了。你并非实验科学家。那些基于实验基础来进行研究的人必须要用到肢体和身体器官，而你的整个研究完全是基于抽象的计算和基本的思考，对吧？当然了，在研究当中，你还会思考其他科学家提出的理论和所做的计算，但这是可以解决的。我已经跟位于德里的印度理工学院电子系的巴特纳加尔博士讨论过这个问题了。我们的眼睛具有感光性，看见的一切景象通过电波的形式传递给大脑。关于信息是如何从眼睛传递给大脑的，巴特纳加尔博士做过广泛的研究，他认为，借助于电子设备，我们就可以用人工方式向你的大脑发送电子脉冲。简单来说，就是你可以保留部分视力。而且只要你的大脑还活着，连你的思维过程也会不受阻碍地继续下去。难道你还需要什么别的吗？”

斯里尼瓦桑博士静默了片刻，然后说道：“不行，不行，齐塔莱医生，你摆在我面前的是一幅残酷的画面。你把我当成什么了？一台电脑吗！你来安排内容输入，让处理单元保持运作，这样，信息输出就可以不受阻碍。不，这我可不喜欢。我是个普通人，不是对生命中的悲欢毫不在乎的圣人。”

“等一下，这么说，你是想体验快乐吗？你想体验痛苦。即便是在你目前这种状态下，我们也可以给你愉快的感受；你无须这具身体也可以感觉到快乐。我们知道大脑中有几个中枢，可以在上面安装电极，通过它们的外部刺激，可以给你带来独特的愉悦。我们会为你安排的。”

“哈！所以你连我的快乐都要加以控制啊。就像上学的孩子们有不同的课时，分配给了不同的科目，你也会分给我一个快乐的时段。等到了那个时间，你就会说：‘来吧，斯里尼瓦桑博士，现在三点钟了，到你体验快乐的时间了！’对不对？”

尽管接下来又讨论了许久，齐塔莱医生还是没能说服斯里尼瓦桑博士接受他的主意。

最后当他起身离开时，他说：“斯里尼瓦桑博士，我们不会强迫你做违背你意愿的事，不过我还是建议你再好好考虑考虑。至少让大脑活下来总比同时失去身体和大脑强。”

“齐塔莱医生，请你设身处地替我想一想，告诉我，你要是我，会不会同意这样的提议。”

“是的，我会同意的。”齐塔莱医生回答道。

“齐塔莱医生，你的话并不足信。”

那天下午的例会上，齐塔莱医生向高层委员会提出了他的想法，告诉委员们斯里尼瓦桑博士拒绝接受他的提议。

卡纳准将向齐塔莱医生表示了祝贺，他说：“斯里尼瓦桑博士让情况变得很麻烦。他应该知道，人们对这项研究的需要有多么迫切，这不仅是为了我们国家，也是为了全人类的利益。考虑到他目前所处的情况，不可能有比这更好的办法了。顺便说一句，齐塔莱医生，我们怎么知道斯里尼瓦桑博士已经完成了研究呢？他有可能跟我们沟通吗？”

“当然！实际上，假如不能的话，这整个实验就都没用了。可以进行安排，让他能够跟我们说话。”

“怎么做？”

“我们知道语言中枢在大脑中的确切位置。人是怎么说话的呢？

声带振动这种独特的运动产生了某种特定的声音，也就是语言。他的话被记录在大脑当中，通过控制声带运动的语言中枢来表达。如果你想表达什么，喉部就会收到信息。”

“那要是不想表达呢？”

“那声带就不会收到信息。”齐塔莱医生直截了当地说。

“如果是这种情况的话，那你的实验可能就没有多少值得夸耀的了，你所有的努力都会白费。我们是可以向斯里尼瓦桑博士的大脑提供所有必要的信息，他会在脑子里完成他的研究，他的大脑会得出统一理论。可是如果我们的行为违背了他的意愿，他可能就不会把这项理论透露给我们。我们只能指望他赞同这个主意。”克里希纳穆尔西将军插话道。

最初，就连齐塔莱医生本人也并不赞同违背斯里尼瓦桑博士本人的意愿，让他以大脑的形式活着。不过后来，这个主意成日萦绕在他心头，到了令他心驰神往的地步。这会是一次先驱性的实验，从来没有在人类身上进行过。来自克利夫兰的怀特博士曾经成功地让一只猴子的大脑活了下来，但那并非人类的大脑。一旦这项实验能够在人类的身上取得成功——再加之还是在像斯里尼瓦桑博士这样一位极具智慧的人身上——它成就的成功故事就会是双份的。世人会收获统一理论，而齐塔莱医生则会让自己在科学发展的世界里永垂不朽，甚至还能将梦寐以求的诺贝尔奖收入囊中。如今，对他来说，在斯里尼瓦桑博士身上进行这项实验已经变成了一桩绝对有必要的事情，也符合他自身的利益。

当这种想法掠过齐塔莱医生的心头时，他的眼中露出了一丝怪异的残忍光芒。齐塔莱医生劝说道：“将军，您错了！人的思维属于其个人所有的程度并不像大家以为的那么高。除此以外，人在清醒状态下没有透露的信息，在催眠状态下就会脱口而出。”

“可是，如果斯里尼瓦桑博士不肯配合的话，我们又怎么催眠他呢？催眠术也是需要整具身体的……”

“不，那也是只需要大脑就够了。我们有药物，可以使他进入一种催眠状态。假如不是这种情况，我们反倒无法使用药物了，因为颈部的血液屏障会阻止药力达到大脑。但在斯里尼瓦桑博士这种情况下，我们会消除这种屏障，这样一来，药力就可以安全地上达他的大脑。当然了……”

“当然什么？”

此时，齐塔莱医生眼中那道灭绝人性的光芒变得相当显而易见了：“大脑有两个体验快乐和痛苦的中枢。借助对体验痛苦的恐惧，我们就可以让他开口。警察依靠这种措施来逼迫罪犯招供……”

“这种办法并不是在所有人身上都那么有效。有些囚犯——尤其是政治犯——曾经成功地进行过抵抗。在我们获得独立之前的那段时期，曾经有过若干例子，英国官员们尝试过采取这种措施，结果一无所获。就连纳萨尔派分子[1]也曾经证明过这个理论没用。”

齐塔莱医生事先没有料到军方和政界领袖会对他的实验表示反对，所以他稍做犹豫，重新考虑了一下：“当然了，我会再见斯里尼瓦桑博士一面，要求他予以配合。不过，如果他拒绝配合的话，我就需要你们允许我开展实验了。既不准我进行实验，同时又要我让他活下去，这很难算得上公平吧。我请求允许我去做任何我有可能做到的事情。假设你们对赋予我这样的自由有所犹豫的话，嗯，那你们也就不必非得让我实现不可能办到的事了。这根本不合逻辑。”最后齐塔莱医生坚决地作结道。

这次会议到此为止。

1. 印度一支强大的反政府武装。

自从保存斯里尼瓦桑博士大脑的想法冒出来以后，齐塔莱医生已经被这个主意迷了心窍。眼下他在朝着两个方向努力：一是让斯里尼瓦桑博士同意进行实验；二是请总理准予进行实验，以防斯里尼瓦桑博士是块难啃的骨头。没过多久，这件事便传到了总理的耳朵里。

齐塔莱医生向总理保证，在研究结束之后，万一斯里尼瓦桑博士不肯心甘情愿地交出信息，那就可以借助电子设备，通过在纸上草草记下的脉冲这种形式，从他的记忆中找回他的想法和研究内容。虽然这样的保证为他赢得了总理的批准，但他却没能说服斯里尼瓦桑博士同意这项提议。

实施这场历史性外科手术的一天来临了！

斯里尼瓦桑博士的大脑被成功取出，安上了人造血管，以便为大脑提供血型相同的新鲜血液，又安排了特别的办法将污血抽出，通过血液为他提供养料和新鲜空气。在他大脑的记忆库以及其他感觉中枢内装上了特殊的电极，好为他带来愉快的感受。他的语言中枢连接到了一个人工喉上。斯里尼瓦桑博士的大脑漂浮在液体中，就像人的大脑漂浮在颅骨内那样。大脑被放置在一个圆形玻璃罩底下，通过这种特殊的处理方式来确保其处于无菌状态。通过温度调节，让斯里尼瓦桑博士以大脑的形式活了下来。

"齐塔莱医生，你终于笑到了最后。"斯里尼瓦桑博士的大脑通过人工喉说道。

齐塔莱医生高兴坏了。他说："我很抱歉，斯里尼瓦桑博士，我不得不违背你的意愿这么做，可你也明白，我们别无选择。这项研究关系到整个人类的未来……"

"得了，得了！你用不着跟我说这些话。我不是早就知道了吗？"

“斯里尼瓦桑博士，你刚刚睡了一觉，现在我们给你个机会来细看一下你的研究材料。”

“行啊！我现在就只能干这个了，不是吗？”斯里尼瓦桑博士讽刺地问。

齐塔莱医生能够理解斯里尼瓦桑博士的怨恨，但他确信，斯里尼瓦桑博士很快就会抛开怨恨，沉浸在他的研究中了。

齐塔莱医生的想法是对的。

很快，斯里尼瓦桑博士便全神贯注地研究起来。

有一天，他终于宣布，他已经完成了该项研究，并将以公式的形式提出统一理论。

当天，贵宾们秘密聚集在全印度医学科学研究所的八楼。甚至就连总理也到场观看这项实验。

斯里尼瓦桑博士将要对统一理论进行介绍。整个场地到处都乱糟糟地摆放着扩音器，好让每一个人都能清晰地听见他的讲话，也安排了对活动过程进行同步录音。

得知所有人都已聚集在此，斯里尼瓦桑博士用平稳的声音慢吞吞地开始说道：“我知道，你们所有人都正急切地等待着听我阐述统一理论。我已经完成了我的研究，但我不愿意讲。因为就像爱因斯坦那样，即便是我也得出了这样的结论：人类尚且没有成熟到足以掌管这样的发明创造。人类会如何来运用这些发明呢？他会到处旅行，与其他文化相遇。在这么做的同时，他带着上路的是怎样的一种文化呢？在这样的文化当中，就算大自然为我们提供了充裕的食物，我们也会任凭自己的同胞挨饿，我们会剥削，会相互虐待。我们的每一种新发明都让我们变得越发残暴。这样的文化没必要传播到任何地方去，因为在我看来，人类的修养还没有达到足以接受统一理论的水平。没错，我清楚得很，我的思想已经被储存在了我大脑的记忆库里，如果我不配合的话，你们就会急不可耐地将其取出来。你们会用某种方法挖出我的思想，对不对？但你们是不会得逞的，因为这些东西会以图形的形式出现在纸上。你们也知道，对于后来发现的爱因斯坦的那些草稿，世人理不出任何头绪。世人该怎么来解读这些图形呢？要想解读的话，你们兴许只能等爱因斯坦第三，或者甚至爱因斯坦第四的出现了，到那个时候，你们已经做好了接受这种理论的准备。”

“有两件事情我想对齐塔莱医生表示感谢——首先是他让我以这种形式活了下来，可以活着开展研究，给了我一个完成研究的机会；不过我更想感谢他让我认识到了人心鬼蜮，他向我展示了一个科学家能够堕落到怎样的地步！说实话，这些帮助我做出了决定。”

从人工喉里传出的声音戛然而止了，从此再也没有响起！

（罗妍莉　译）

中国篇

中国是地球上最古老的连续文明，具有源远流长的奇幻文学历史（就像中国的几乎其他所有一切事物一样历史悠久）。事实上，中国的飞出地球的故事可以追溯到萨摩萨塔的琉善[1]之前（公元2世纪），例如《山海经》（公元前500年）、《天问》（公元前300年）、《淮南子》（公元前120年）中收录的《后羿射日》与《嫦娥奔月》——讲述的是男女主人公或从天上射落多余的太阳，或是喝下偷来的长生不老灵药后飞向月亮的神话故事。

中国古代就出现了关于机械构造的男男女女的故事。16世纪的著名小说《西游记》的主人公美猴王孙悟空能够施展超人的绝技。1904年，以章回体连载于《绣像小说》杂志的长篇小说《月球殖民地小说》标志着中国现代科幻小说的开端，这部作品讲述了地球人殖民月球的故事。但是西方风格的科幻小说直到世纪之交才被引入

1. 周作人曾按琉善的希腊语名发音将其称为“路吉阿诺斯”，并将其游历月球题材的奇幻短篇《信史》译作《真实的故事》。

中国，此时的中国刚刚经历了一系列灾难性的交战，在技术力量远远更加先进的西方列强（以及日本）面前节节败退，最终以1898年至1900年间的义和团起义遭到粉碎和中国遭到外国的势力瓜分而告终。尽管如此，正如科幻学者吴定柏所指出的那样，“年轻的知识分子把中国的落后与列强的强盛与财富一比较……禁不住羡慕其科技上取得的巨大成就”，他们发现科学小说是“激发人们对科学技术产生兴趣”的途径之一。

从那时起，中国的科幻小说就开始在政治和教育这两个世俗极端之间挣扎。这番挣扎的最早成果是凡尔纳作品的译介，因为他是将科技直接应用于人类需求的首要预言家。中国在1900年就出版了《八十日环游记》(《八十天环游世界》)，1903年出版了《月界旅行》(《从地球到月球》)，1906年出版了《地底旅行》(《地心游记》)，后两部由“中国最伟大的现代作家”鲁迅译就。在《月界旅行》的前言中，鲁迅呼吁道：“惟假小说之能力，被优孟之衣冠，则虽析理谭玄，亦能浸淫脑筋，不生厌倦。”还说道：“而独于科学小说，乃如麟角……导中国人群以进行，必自科学小说始。”

从那时起，凡尔纳的所有作品都被翻译成了中文，20世纪五六十年代还再版了一批。凡尔纳由此成为中国最知名的外国科幻作家。相比之下，H. G. 威尔斯的作品在20世纪50年代之前主要通过杂志发表，直到1980年，他的主要科幻作品才几乎都有了译本。时至今日，中国依然更偏好凡尔纳模式的，而非威尔斯模式的科幻，换句话说，就是近未来题材压倒远未来题材，即刻应用压倒长远推想，技术压倒哲学。吴定柏在《来自中国的科幻小说》(*Science Fiction from China*，1989，与帕特里克·D. 墨菲合著）的前言中写道：“作家们通常会把目光投向未来几十年，读者则似乎期待着故事当中的想象会在他们的有生之年实现。因此中国科幻小说大多描绘的是即将到来的、可预见的未来。在中国，科幻小说的主要功能在于实用价值，而非美学意义，其目的是用简练的文笔创作出有趣的故事。这些小说还会传授道德教训，往往是以告诫的形式在故事结尾明白无误地表达出来。”郑文光在《飞向人马座》(1979)的后记中写道：

> 我们歌颂科学，歌颂高度发展的科学给人类生活带来光辉的未来，歌颂劳动群众借助科学而创造出来的一切美好的事物，歌颂千百万人民为了实现四个现代化而进行的英勇斗争。

20世纪30年代，中文科幻小说开始较为频繁地出现。当代中国文学的重要人物之一老舍在1932年至1933年间发表了《猫城记》，另一位主要作家许地山则在1941年发表了《铁鱼的腮》。但是要说起这一时期专门创作科幻作品的作家，还是要数顾均正[1]，他将凡尔纳与威尔斯当成榜样，到1937年已经发表了六篇科幻短篇小说。在一本册子[2]的序言里，他这样写道：

> 在美国，科学小说差不多已能赶上侦探小说的地位。无论在书本上，在银幕上，还是在无线电台，威尔斯的关于未来战争的科学小说，都使整座城市骚动不安，纷纷逃向乡间避难。这足以说明科学小说之深入人心，也不啻于纯文学作品。那么我们能不能，并且要不要利用这一类小说来多装一点科学的东西，以普及科学教育呢？我想这工

1. 自1939年起，顾均正陆续创作了六篇科学幻想小说，发表于自行创办的《科学趣味》杂志上。其中《和平的梦》《在北极底下》《伦敦奇疫》三篇结集成册，于1940年由上海文化生活出版社出版，书名为《和平的梦》。
2. 即1940年出版的《和平的梦》，下文引用自《和平的梦》的序言。

作是可能的，而且是值得尝试的。

1949 年，中华人民共和国成立之后，也采纳了科幻文学以及利用科幻针对青少年开展科学教育的目标。在 20 世纪 50 年代及 60 年代初，中国的科幻文学几乎都由儿童文学杂志发表或由儿童出版社出版，被中国作协接纳为会员的科幻作家也被归到下属的儿童文学委员会。郑文光于 1954 年开始发表作品。于止（本名叶至善）[1]在 1957 年创作的科幻短篇获得了儿童文学奖，肖建亨则在 1962 年获得同一奖项。这一时期的科幻作者还有迟叔昌、崔行健、郭以实、嵇鸿、鲁克、苏平凡、童恩正、王国忠、赵世洲等。这一时期中国的科幻文学就像世界其他地区一样蓬勃。根据吴定柏的统计，1950 年至 1965 年期间，有 60 篇科幻短篇小说在中国发表。

1979 年，第四次中国文学艺术工作者代表大会的召开带来了新的创作自由。1978 年，童恩正的《珊瑚岛上的死光》在一家著名主流杂志上发表，并获得中国最佳短篇小说奖。接下来五年里，中国的科幻小说创作数量成倍增长：1978 年 32 篇，1979 年 80 篇，1980 年 120 篇，1980 年 270 篇，1982 年约 340 篇。许多杂志和报纸都刊登了科幻小说，出版社也出版了大量科幻书籍，其中包括当代英美作家的翻译作品，数量可观。

刘兴诗在 1962 年发表了他的第一篇小说，童恩正在 1960 年，叶永烈在 1976 年，宋宜昌在 1978 年，魏雅华在 1980 年，缪士（本名稽伟）在 1978 年，金涛在 1980 年，严家其在 1978 年。中国的科幻作家大多是科学家或者从事科普工作，利用业余时间写作。他们中的大多数人都是 1979 年成立的中国科普创作协会的成员。

1. 叶圣陶之子，曾任中国科普作协理事长。

1983 年，针对“精神污染”的呼声再一次打击了科幻小说在中国的声誉，原本就不高的科幻作品产量更加萎缩。然而随着杨潇[1]主编的科幻杂志《科幻世界》的创刊，世界科幻大会于 1991 年在成都以及 1997 年在北京召开，新的科幻作家不断涌现，再加上主流作家偶尔也会创作科幻题材作品，科幻文学又悄然回到了中国。在中国台湾，计算机科学家张系国（在美国匹兹堡大学任教）创办了《幻象》杂志。中国台湾最著名的科幻作家是黄海。倪匡在中国香港出版了大量科幻作品，虽然他主要走的是“剑与魔法”的路线。

1979 年，作为来上海的客座教授，菲利普·史密斯（Philip Smith）开设了一门科幻课程，并引荐了几位中国作家加入了世界科幻协会。此后，其他科幻课程也纷纷在中国涌现，中文科幻被翻译成了德文、法文与英文。中国科幻小说研究协会于 1980 年成立，众多英美科幻作家和教师都曾来华访问。两位中国科幻教师吴定柏和郭建中曾经在堪萨斯大学参加了科幻教学英语集中培训班（Intensive English Institute on the Teaching of Science Fiction）。詹姆斯·冈恩基于科幻历史所著的丛书“科幻之路”的前五卷已由郭建中为首的小组翻译成了中文。

（万年看客　译）

1.《科幻世界》杂志社首任社长及主编，2019 年获中国科幻银河奖终身成就奖。

中国的科幻先驱

中国第一部现代科幻小说的作者郑文光于1929年出生于越南海防，并在越南生活到18岁。被迫辍学的他曾当过小学教师，也在工厂里当过学徒，1947年归国，考入中山大学天文学专业。

1949年至1950年，他在香港培侨中学任教，同时担任《新少年》月刊主编。这一时期他开始在两家日报[1]上发表政治散文和讽刺诗。他曾任中国科普作家协会与中国科普出版社的编辑，以及《科学大众》杂志副主编。后来他成了中国作协成员，自1957年起任《文艺报》与《新观察》杂志记者，后被聘用为中国科学院北京天文台研究员。

1953年，郑文光发表了被视为新中国第一篇科幻小说的《从地球到火星》。他最著名的小说是《飞向人马座》（1979）。其他长篇小说有《第二个月亮》（1954）、《寻找太阳》（1955）、《海姑娘》（1979）、《鲨鱼侦察兵》（1979）、《大洋深处》（1981）、《古庙奇人》（1981）、《神翼》（1982）、《战神的后裔》（1984），以及几卷本的短篇小说集。

（万年看客　译）

1.《大公报》和《文汇报》。

地球的镜像

[中国] 郑文光

一

远远望去，这个星球是黄色的，就像一只柠檬浮现在紫黑色天鹅绒般的宇宙空间。因此，“探索号”上的宇航员们以为它的上面只是一片裸露的沙漠。当宇宙飞船接近它时，才发觉到，这个星球有一层稠密的、黄色的大气，微微发绿的云块就像一个个岛屿那样，飘浮在大气的海洋之上。

宇航员小心地勘察着这个寂静的星球。他们很快就发现，大气层的主要成分是氧——这就是说，可供人类呼吸；这儿的河水也可以饮用。不过，虽然星球上到处是郁郁葱葱的植物，却并没有发现飞禽走兽，更没有高级的文明。只有在最后，他们攀上了云霞掩映的高山，才发现隐隐约约露出一些宫殿式建筑的飞檐和角塔，但是阒无人迹。

作为在银河系中巡航的宇宙飞船，“探索号”飞走了。宇航员们建议，第二批到来的人当中，应该包括一位宇宙考古学家。

崔一宁就这样地，于三年半之后，乘坐“百花号”在这个柠檬般的星球上着陆——这个星球，第一批宇航员称之为“乌伊齐德”。

二

“喂，老崔，你知道它为什么叫作乌伊齐德吗？”“百花号”的船长，年轻的生物物理学家令狐申喊道。他们已经踏上了那富于弹性的草地。两个女宇航员却还在舷梯上，东张西望，察看着陌生的星球上瑰丽而醉人的风光。

崔一宁回过头来，迟疑地摇了摇头。

“你把这几个字母倒过来念——对，Diqiu——Uiqid，意思很清楚：地球的镜像。”

崔一宁好奇地环视着火箭四周的自然景色。他们降落在一片苍茫无际的草原上。草的颜色是品红的——虽然有些斑驳，但是品红色的基调使得大地像是着了火。远处，波光粼粼的，大概是一个湖泊？不过湖水却不是蓝色的，而是像绍兴花雕一样，泛着明亮的黄色。更远的地方，有一片青色的、连绵起伏的山。宇宙飞船的那一侧，有一片稀稀疏疏的树林子，好像杨树的那种乔木长得十分高大，不过树干是棕色的，而叶子却像玫瑰花一样红，香山静宜园的红叶远远赶不上这些叶子的火辣辣的美丽。

“我可看不出这儿与地球有什么相似的地方。”崔一宁咕哝道。

“真的吗？”令狐申快活地说，“叫你的夫人来看看。喂，杜英玲！”

叫作杜英玲的女宇航员是一位纤瘦、举止敏捷而秀气的女人，她的职业是地质学家兼摄影师——宇航员们都得接受两个以上的专业训练。她站在丈夫身边激动地察看着这片陌生的土地。忽然，她抓住崔一宁的手，嗫嚅道：

“补……色……”

令狐申得意地笑了，又把聪明的眼神投到第二个女宇航员、他的未婚妻子古明慧的脸上。化学家兼医生古明慧的一双妩媚的大眼睛一眨也不眨地被这色彩斑斓的自然景观强烈吸引住了。

令狐申迅速地抓过挎在杜英玲肩上的照相机，也不对准什么目标，立刻揿动了快门。五秒钟之后，冲洗好的照片——彩色负片从暗盒中退出来了。令狐申捡起照片，迎着亮光，刚投上一瞥，便大声喊起来：

“可不！就跟在十三陵或者西山拍的照片差不离儿……”

由于光学上的补色原理，乌伊齐德上用彩色负片拍的照片，竟和地球上用彩色反转片拍得的照片十分相似，这点深深激动着宇航员们。

“真是……镜像……”崔一宁喘着气说。

“瞧吧，我们会发现乌伊齐德人的，像你我一样，只是浑身上下，一片蓝色……”令狐申狡猾地眨着眼，嚷着，他很快又钻到飞船肚子里，开出一辆气垫车来。

“你真相信，有蓝色的人吗？”一直不曾开过口的古明慧问。她年轻，漂亮，一双大眼睛就像两爿深深的湖——当然是地球上的湖。

“我相信……一切都相信！”令狐申快乐地说，摊开一只手，“请吧，地球使者们，我们是宇宙空间的爱丽丝，对吗？”

他们一个个跨进气垫车。杜英玲想，可不，他们就像爱丽丝一样，来到镜中世界——不过这是一个实实在在的世界，而不是英国小姑娘爱丽丝的梦境……

三

气垫车时速为 180 千米。他们开上这片不很陡峭的山地，费了四个半小时——当然是按照他们手腕上佩戴的、地球的手表。这期间，乌伊齐德上空的太阳几乎一点儿也未曾移动过，这颗星球的白昼一定是非常长的。

他们停下来休息了两次，吃点东西，拍些照片，采集点岩石和植物标本。的确，他们一次也没有遇到过哪怕一只昆虫，甚至一个昆虫的躯壳。看来，第一批宇航员的估计是正确的——乌伊齐德上没有动物。但是，那些飞檐和角塔又是什么生物建造的呢？

他们按照第一批宇航员绘制的地图去找寻据说的高大的宫殿式建筑，又白白浪费了两个小时。地图没有错，山、湖泊、树林子，方位都一样，只是……

“也许，是他们的幻觉，”崔一宁喃喃说，“就像地球上的海市蜃楼……”

令狐申轻轻地摇着头。作为生物物理学家，他很清楚，在一个自然条件跟地球如此相似的星球上，生命发展的进程应该是差不多的。乌伊齐德的什么地方，一定有动物，有人——当然，形体、颜色、生活方式都不一样，但是，毕竟是有理性、有感情、会创造文明的生物……

唯一的解释是：在这三年半的期间，乌伊齐德上发生了重大的变故。

但是，断壁、残垣，一点儿痕迹都没有。难道真是海市蜃楼吗？不，就是海市蜃楼，那也不是毫无依据的幻觉，海市蜃楼仍然是实际的影像，不过是……歪曲了的影像。

气垫车猛烈地喷着气，继续爬坡。他们要登上最高的山峰。这座山，在第一批宇航员绘制的地图上，叫安娜鲁穆支峰，这又是珠穆朗玛峰的反写。不过它并没有地球上的珠穆朗玛峰那么高峻。此外，它也不是白雪皑皑的，而是披上一层威严的黑色。

一个巨大的火山口张开在他们面前。

“也许火山爆发，把宫殿摧毁了？”古明慧说，她的声音像银铃一样悦耳动听。乌伊齐德着陆以后，由于大气中富含氧气，她的脸色出奇地红润和鲜亮。令狐申每看她一眼，都感到一阵心跳。

地质学家杜英玲摇摇头。只有三年半的岁月，什么样的火山爆发，能够不留一点儿痕迹？她用带点儿疑问的眼光看着丈夫。崔一宁正以考古学家的精明的目光观察着火山口；然后果断地说：

“我得钻进去——里面曲曲折折，气垫车怕不行吧？令狐，咱俩？”

“我们都进去。”杜英玲庄严地说。她立刻从气垫车上拿下一盘细细的，但是非常坚韧的玻璃钢索具。

四个人身上都背着小型喷气发动机——这是为了往上爬时帮助一下体力，然后他们攀着绳索鱼贯而下。弯弯曲曲的火山通道提供了天然的阶梯。他们只休息了一次，喝了点水，就到了火山底部。令狐申看了看手表，他们只费了一小时又十分钟。

“这边，”崔一宁用一种压抑的激动的声音说，“那儿有亮光。”

的确，一种神秘的光从熔岩壁上反射出来——一种场致发光现象。淡淡的，宛如紫色的轻烟，把火山底部照亮了。这是一个奇幻得有如童话的世界，杜英玲紧紧攥住丈夫的手。古明慧依傍着令狐申，后者则一动也不敢动。他只听见自己的心跳——就像非洲的战鼓一样。

“这儿有通道，”崔一宁靠近令狐申，轻轻说，“我们进去看看？”

他们又鱼贯地穿过那条只能容一个人的甬道，十几分钟以后，便来到一个很大的洞窟。从拱形的顶部，投射出一种若隐若现的微光。洞窟的四壁很平滑，好像是人工修整过的，在它的一侧，甚至还有几扇门。

四个人就站在其中一扇门的面前。乌伊齐德上有理性的生物，是不是就要跟地球使者会面呢？他们屏息敛气，用眼神互相商量着，每个人的眼神都是惶惑不安的。门，不是木头制的，好像是一种不透明的黑色的有机玻璃。门，也像中国古代建筑的大门一样，一排排、一列列嵌镶着突出的门钉，不过要小一些，密一些。

令狐申伸出手，摸了一个门钉。啊……他惊呆了，张大了嘴。

这一切都是突如其来的：洞窟消失了，他们面前竟是无边无际的大海，蓝色的、荒凉的大海，涌起滔滔白浪；接着，海上出现了巨大的张着满帆的楼船，一艘、两艘、三艘……

波浪向宇航员们袭来的一瞬间，古明慧惊叫了一下，令狐申立刻扶住了她。他是首先醒悟过来的人。他用低低的、但是果断的声音说：

“别动，这不过是……全息电影！”

真的，十分逼真的图景，却没有声音：海的吼叫，船上的喧闹的生活——正有一些穿着明代战士装束的人在船上走来走去哩。但是宇航员们除了自己的心跳，什么也没有听见。

然后，在一艘高大的楼船甲板上，出现了一群人。这艘楼船驶近了——不，不是驶近，是电影镜头拉近了。一个高大魁梧、面白无须的人立在船上，离宇航员们似乎只有十步之遥。他的嘴翕张着，在说些什么，却一句话也听不见——转眼间，海面上露出一条蓝鲸的背脊，像喷泉一样的水柱，蓝鲸的尾巴拍打着海水，不久又消失了。

“这是……”崔一宁在他妻子耳朵边上悄悄说，“这是郑和下西洋……”

大家恍然大悟了：这当然是地球的镜头，海水、船、鲸鱼、人物……那个人，就是声名赫赫的三宝太监郑和，虽然谁也没看见过他的照片，但这是毋容置疑的。场景是这么真实！宇航员们却一点儿也不曾想到：为什么反映地球上 15 世纪的历史事件的全息电影竟然会在一个陌生的星球上放映出来……

船消失了，海消失了，四面依然是空旷旷的、被淡淡的神秘光源照亮的洞窟。宇航员们这才从白日梦中醒过来，他们谁也不想说话。

“我是不是再揿一个别的门钉？”令狐申怯生生地说，目光从三个伙伴身上掠过。他还是称之为“门钉”，但实际上，他已确凿无疑地弄明白了：这是放映全息电影的一个个按钮。

没有人回答。令狐申把哆哆嗦嗦的手又伸向另一颗“门钉”，他自己立刻又惊得往旁边一跳。

眼前是残酷的战争和屠杀。不，不是在战场上，而是在院落里一身甲胄的战士向着宫装的女子举起明晃晃的战刀；血，像喷泉一样……突然间，什么地方着火了，火势迅速蔓延，转眼间就充溢了整个空间，他们没有听见喊叫，也没感觉到火的灼热，但是四个人的心都在战栗。啊，火光中隐隐约约的，不是雕梁画栋，亭台楼阁？

“火烧……阿房……宫。”崔一宁结结巴巴地说。谁知道他猜得正确不正确呢？不过，作为考古学家，他已经看清楚，甲胄、宫装、兵器，都是秦代的款式。

令狐申没有再征求意见，立刻又揿了另一个按钮，啊，这回谁也不用怀疑了：竟是几十个胳膊上缚红布条的少年齐刷刷地站在那儿，向看不清楚的一个什么地方，接二连三地挥舞着一本本红色封面的小书；然后又是另一伙同样年龄的少年扑向他们；转瞬之间，皮鞭飞舞，刀光闪闪，砖头乱飞，一场混乱的搏斗；一个小伙子，额角滴着血，脸上在抽搐，一双眼睛失神地瞅着宇航员们……

崔一宁大口大口地喘着气，他摇晃了一下，倒在地上。

“一宁！”杜英玲尖声叫着。令狐申和古明慧七手八脚地把崔一宁扶起来，只见他嘴里不停地喃喃自语：“我可怜的哥哥啊……”

20世纪的一场愚昧而野蛮的武斗，崔一宁那个在武斗中伤重致死的哥哥的形象，竟然出现在这陌生的星球上，真是不可思议的怪事！现在，每个宇航员心里都明白：这些是全息电影，并不是摄影棚里拍摄的，而是历史的实录，是在地球上的现场拍下来的！

但是，谁拍下的这些镜头？谁又把它们运送到若干光年以外的这个乌伊齐德星球上，贮存在洞窟中呢？而且，而且……

在火烧阿房宫或郑和下西洋时代，地球上根本还没有发明电影，更不用说全息电影了。

这些念头使宇航员们深深感到惶惑而迷乱，他们都是科学家，他们不相信神力，也不相信奇迹，可是……如果不用神力或奇迹，这一切，又该怎样解释？

他们面面相觑，呆若木鸡。

四

过了半个钟头，崔一宁才恢复了平静，他对三个伙伴说：

“这里一定贮存了地球上若干历史场面的全息影片。怎么拍的？我想，答案的钥匙一定也在这里。我们把按钮一个个揿过去吧？”

“我可不愿再看那些残酷的屠杀场面了。”古明慧的声音还带着明显的战栗。

“并不总是战争和武斗的。”令狐申安慰她说，“我们也许会看到一些有趣的场面，例如唐明皇的歌舞伎演出霓裳羽衣舞，或者哪一个朝代的宫廷宴会，或者结婚大典，诸如此类叫人高兴的事情……这就像看电视一样，不爱看的可以快些拧过去。”

全息电影一个镜头一个镜头掠过去。虽然不全是战争，却也没有令狐申所设想的那些喜庆场面，大多数镜头是普通的。单调而贫困的古代乡村生活，在激流中奋斗的小艇的大特写，人和野兽的搏斗，大雷雨中瑟缩地战栗着的渔人……崔一宁认真地、细细地看着，对于一个考古学家来说，有什么东西比看见复活了的古代历史画面更珍贵呐？在别的人看来全都是一样的衣服、器皿、工具、房屋式样……他却能分辨得出是盛唐或晚唐的，是南朝或北朝的，是汉族或少数民族的，仿佛这个不知名的摄影师存心拍摄各个朝代、各个地区、各种不同生活的镜头……

有一个画面，是求雨：脱得赤条条的人扮作旱魃，在烈日下跳舞。望着那些被干渴和疲乏折磨得面黄肌瘦、筋骨裸露的人，古明慧转过脸去，小声对杜英玲说：

“这就好像把我们放在兽笼子里让人参观一样。”

崔一宁一震。他又听见杜英玲说：

“看来，宇宙人几千年来一直在观察、研究我们……可是，为什么只有中国的镜头？地球上的别的地方，那么多国家，宇宙人都没有看见？”

“唔，”虽然声音很低，却仍然听得出令狐申的快活腔调，“一定是我们中国这个舞台演出的戏最好看——在宇宙人眼里看来……”

崔一宁又一震。他这个考古学家从来不曾想过这些问题，如果地球以外的理性生物要研究地球历史，他们将要怎样做？自然，这些镜头，未必是经过精心选择的——就像人们去参观笼子里的动物，未必总是选它最威武、最美丽、最生气勃勃的一瞬间……

人类研究自己的历史，能够这样客观、这样头脑清醒、这样铁面无私吗？我们是不是总在有意无意地给历史做些打扮和修饰？而当我们看见别人给我们拍下的历史镜头时，就像在镜子中看见自己赤身露体、满身疮疤一样……

突然间，令狐申喊起来："看呐，飞碟！"

真的，是地球上蓝澄澄的天空，一个发着荧荧绿光的东西迅速掠过去，它就像两只扣合在一起的碟子一样。"飞碟！"是的，古代的镜头。为什么不可能是飞碟拍摄的呢？如果外星人要研究地球，这可是最聪明、最直截了当的办法……

看来，在这个乌伊齐德星球上，至少几千年前，已经发展了高度的文明，而且，他们一直注视着遥远的地球上发生的一切。

而在地球派出使者到达这个星球的时候……

这样的画面真的出现了：在乌伊齐德上，黄澄澄的天空和火烧一样的大地，一眼就可以看出跟地球景色大不一样。"探索号"宇宙飞船降落了，走出了第一批宇航员……

崔一宁猛地抓住令狐申的手。

"我明白了！"他的声音透着一种突如其来的激动，"他们从第一批宇航员中认出了中国人，因此，他们把几千年间摄制的有关中国的电影准备好了，等着我们来看……"

令狐申赞许地点点头，他又揿下一个按钮。

这是在乌伊齐德的山上，就在刚才他们进来的火山口旁边，一座奇特的华丽的宫殿，走出几个……啊，蓝色的人！看，他们转过身子来了，脸朝着宇航员们，眼睛大而深邃，额角高高的，脸上挂着谜一样的笑容，蓝色的皮肤晶莹光洁。他们挥挥手，不知咕噜些什么，然后进入宫殿旁边一架待命出发的宇宙飞船里面。蓦然间，飞船起飞了，发射架倒下，这一刹那，宫殿也坍塌了，化为灰烬……

画面，消逝了。在宁静的、始终笼罩着一片紫色微光的洞窟中，只听见四个人沉重的呼吸声。

过了好大一会儿工夫，令狐申才说——带点儿忧伤的调子：

“他们走了，到别的星球去了，他们不愿意和我们相会……”

“为什么？”古明慧小声——非常小声地问。

“也许，他们了解我们，比我们自己更清楚。”崔一宁意味深长地说。

“难道，”杜英玲急促地说，“宇宙间各个星球上的人类不能友好地交往吗？”

崔一宁沉重地摇了摇头。

“他们跟我们不是一个文明阶段的人。当我们还在焚书坑儒的时候，他们就掌握了激光全息摄影技术和在空间中远距离传送讯息的方法。他们至少比我们早发展了几千年。在他们眼里，我们还是野蛮人。他们凭什么相信这些野蛮人不会举起机关枪，驾驶坦克车，或者用什么火枪、长矛、砍刀、砖头来对付他们？……”

“我们呢？”令狐申冷笑说，“我们相信自己吗？”

“但是，”杜英玲又说，“如果他们的文明比地球人早了几千年，他们还怕什么坦克车和机关枪呢？”

她的丈夫立刻回答道：“噢，历史上并不总是先进文明取得胜利的，成吉思汗就是一个例子，他的落后的游牧部落扫荡了亚欧两洲一切繁荣的文化……”

“现在，我也明白了。”令狐申的聪明的眼珠闪着光，“为什么这颗星球上没有动物？乌伊齐德人把它们全撤走了，他们是现代的诺亚……”

“难道我们地球人真像洪水那么可怕？”古明慧伤心地说。

“当然，地球人跟地球人也不一样。我们大家都明白，对于有些地球人，最恰当的比喻是——洪水猛兽。”崔一宁一字一顿地说。

五

后来宇航员们在各个星球上，都没有找到移居出去的乌伊齐德人。

当然，这不是说，他们像超新星一样爆炸了，或者像辐射一样消失了。他们只是到达了我们到达不了的角落。不是吗？人类无论怎样向宇宙进军，永远也不能穷尽这个丰富多彩的、无边无际的、神奇莫测的宇宙！

1980年10月

中国的职业科幻作家

中国最著名的科幻作家可能是叶永烈了。他于 1940 年出生在浙江南部的港口城市温州，11 岁开始发表诗歌，20 岁时出版了自己的第一本书，1963 年毕业于北京大学。

叶永烈的早期创作专攻科幻小说，尤其是“小灵通”系列小说。《小灵通漫游未来》（1978）获得了第三届全国儿童文学奖一等奖。这一时期他还创作了以“中国的福尔摩斯”金明为主角的科幻侦探系列小说，代表作是《黑影》（1981）。其他长篇小说有《丢了鼻子以后》（1979）、《飞向冥王星的人》（1979）、《世界最高峰的奇迹》（1979）、《未来世界漫游记》（1979）、《碧岛谍影》（1980）、《乔装打扮》（1980）、《神秘衣》（1980）、《暗斗》（1981）、《国宝奇案》（1981）、《秘密纵队》（1981）、《球场外的间谍案》（1981）等，还有许多其他作品，包括最近的《耳中人》（1994）。他已出版了多部短篇小说集，并编辑了多部科幻选集。

（万年看客　译）

腐蚀

[中国]叶永烈

一

一架雪白的直升机，机身上漆着巨大的红十字，正在中国西北部的大沙漠上空匆匆飞行。飞机离地面只有四五百米。

机舱里，人们穿着白大褂，戴着白帽子，神情严峻。除了发动机发出单调的轰鸣声外，人们沉默不语。

半球形的舷窗玻璃像金鱼眼般突出在舱外，一位姑娘抻长脖子，正透过玻璃细细地察看着脚下的大地。沙漠，无边无涯的沙漠，有的看上去像木纹，有的像一大张平整的砂纸。盛夏的烈日喷射着明亮的光芒，在沙漠上可以看到一个清晰的移动着的黑点——直升机的影子。姑娘那对黑宝石般的大眼睛一直望着窗外，充满青春的活力。她的脸色红润，鼻子小巧挺直，嘴唇微微噘起，显得十分自信。白帽下，露出一绺棕黄色的烫发。

此刻，她双眉紧蹙，无心欣赏窗外的沙漠景象，而在那里搜寻着什么。

突然，姑娘像哥伦布发现新大陆似的，大叫起来："在那里！

在那里！”也就在这时，坐在机舱左边的另外几个人，也不约而同地喊了起来。姑娘发现了什么？在直升机左前方，那浅黄色的沙漠上有一团醒目的红白相间的东西，旁边，斜卧着一只黑褐色的锥形物体。直升机朝左前方飞去，姑娘又大声说道：“是降落伞！是‘银星号’！”“银星号”飞船是中国发射的，它在太空中做了漫长的遨游之后，坠落在大沙漠上。飞船中载有一名宇航员。不知什么原因，在归途中，宇航员与地面站失去了联系。这意味着他发生了意外。直升机降落在离“银星号”飞船一百多米的地方。降落时，螺旋桨像巨大的风扇，搅起弥天黄沙，弄得天昏地暗。机舱里开放着冷气。当舱门一开，一股炙人的热浪立即扑面而来。人们戴上墨镜，在松软的沙漠上一脚低、一脚高地奔跑着。每踩下一脚，都立即扬起一股尘沙。走在最前面的是宇航救护队队长。他来到指令舱前，十分熟练地打开了舱门。这时，姑娘和几位救护队员都气喘吁吁地赶到了。他们朝里一瞧，一股刺鼻的蒜臭味直蹿脑门。宇航员穿着宇航服，歪着身子，斜躺在指令舱的角落里。头盔、宇航椅都已经碎裂。显然，宇航员早已不幸地被死神夺去了生命。

队长爬进舱里。当他的脚一踩进去，就几乎惊叫起来：地板变得像沙漠般软绵绵的，一脚下去就踏出一个深深的凹坑，扬起一股细尘！舱里凌乱不堪。队长随手拿起宇航椅的坐垫，谁知就像豆腐似的松散，裂成许多碎屑从手中掉了下去。队长走向宇航员，他的手一碰宇航服，宇航服竟然马上被碰破一个大洞。要知道，宇航服是用十多层坚固的合成纤维做成的，如今却变得像草纸做成的一样！

“腐蚀！腐蚀！遭到了极为严重的腐蚀！”队长做出了这样的判断。他退向舱门，正好踩在姑娘的脚上。原来，姑娘也爬进舱里，忍着奇臭，蹲在地上拾取碎屑，装入样品瓶……

二

无线电波把来自大沙漠这令人震惊的信息，迅速地传递到中国宇航中心的总指挥部。

"'银星号'内部遭到严重腐蚀，原因不明。宇航员早已遇难。"这短短的电文像一颗猛烈的炸弹，在总指挥部爆炸了。是啊，自从1957年10月4日人类第一次征服太空以来，从未发生过这样的事情！是啊，中国的宇宙飞船曾多次访问各个星球，也从未发生过这样的事情！

总指挥部立即召开了紧急会议。

腐蚀？腐蚀？严重腐蚀？特别是"内部遭到严重腐蚀"，令人百思不得其解。宇航材料专家手持电文，两道浓眉几乎拧在一起，自言自语道："跟'银星号'一样的飞船，不知道在太空中飞行过多少次，从来没有发生过'内部遭到严重腐蚀'的呀！"

尽管原因不明，总指挥部仍然做出了决定：宇航救护队立即返航——因为宇航员已经遇难。

队长把"银星号"指令舱的舱门重新关上，迈着沉重的步伐走向直升机，准备让全队返航。

这时，姑娘却突然要队长把返航时间推迟半小时。

"请允许我用半小时时间，把腐蚀的原因查一下。"

飞机的舱门敞开着。姑娘闷在火炉般的机舱里，正在用显微镜观察着从"银星号"上取到的样品。队长虎彪彪地站在旁边，用急切的目光注视着姑娘的一举一动。

姑娘叫李丽，大学微生物专业的毕业生。她眯着一只眼，睁着一只眼，屏气敛息地专心观察着。

一刻钟过去了，驾驶员跳上了座位，准备起飞。

“怎么样？”队长又问道。

“再给我五分钟。”李丽连头也不抬，答道。

五分钟终于过去了，李丽霍地站了起来。她的神情非常严肃，一字一顿地说道：“韩队长，我们不能返航！”

“为什么？”

“你看看。”

队长蹲了下来，把眼睛凑近显微镜的目镜，在他的视野中，蓦地出现了许许多多呈“X”形的鲜黄色的小东西，还在不停地蠕动着。

“这是什么？”

“这……连我也无法说清楚。”李丽说道，“这是一种地球上没有出现过的微生物，可能是从太空中带来的。据我推测，‘银星号’就是被它腐蚀掉的。这是一种腐蚀力非常强的微生物。如果确实是这样，我们就不能返航——因为我们的救护队员、我们的飞机，都沾染了它。我们飞到哪里，就会把它带到哪里，把那里的一切都毁灭！”

队长没有马上答话，他又把眼睛凑近目镜。过了一会儿，他猛然抬头，对已经坐在那里做起飞准备的驾驶员大声说道：“推迟起飞！”

队长召开了全队紧急会议。李丽的话，使队员们都感到意外。

“队长同志……”驾驶员说道，“李丽同志的意见，我同意。如果确实是从太空来了一种可怕的微生物，我们的飞机绝不能带着它到处飞行，污染祖国，污染地球。不过，现在正是中午。根据我的经验，在沙漠里，几乎每天下午三点钟之后都要起风，到了傍晚便飞沙走石。这里一马平川，无遮无挡，狂风会摧毁飞机的！”

“即使明知飞机被摧毁，我们也不能动身返航！”队长刚说完，就觉得浑身发冷。在热浪滚滚的沙漠上，这位关东大汉居然冷得发抖，上下牙齿磕碰起来。

“队长可能感染了太空微生物——烈性腐蚀菌！”李丽做出了这样的判断。正当李丽打算弯腰扶起队长，忽然觉得自己的手也在发抖！顿时，李丽一点也不觉得热，反而一股寒气从脚底蹿向脑门。李丽深知自己也受了感染。她推开了试图搀扶她的队员，赶紧从衣袋里掏出笔记本，用颤抖的手写下这样的话：

总指挥部，请立即转告杜微老师，我在“银星号”内查出来自太空的烈性腐蚀菌，鲜黄色，X形，从未见过。全队受感染，无法返回。请不要组织营救，以防烈性腐蚀菌扩散。

李丽

李丽写完，吃力地撕下笔记，抖抖索索地递给发报员。此刻，她已精疲力竭，倒在火辣辣的沙漠上，居然一点也不觉得烫。就在发报员发报的时候，李丽猛然间又记起什么，咬紧牙关挣扎起来，在笔记本上补写了一行字：

烈性腐蚀菌似乎不能腐蚀飞船外壳——金属钛。

李丽写毕，像虾似的蜷曲着身体，即使用双手紧抱脑袋，依然冷得全身直打寒战。发报员的手也开始发抖。他意识到，生命已经非常有限。他伸手拿起李丽补充的几句话，准确无误地发了出去，刚发完，已经没有力气接收总指挥部的回电了。

无线电波在沙漠上空嘶哑地呼叫着，然而，救护队员一个个倒在沙漠上，蜷曲着，颤抖着，没人理会远方的呼唤。

渐渐起风了。风越来越大，裹挟着沙粒漫天飞舞。一阵狂风袭来，吹断了直升机的螺旋桨。

紧接着，势头更大的一阵狂风，猛地推倒了直升机……

三

就在李丽生死攸关的时刻，杜微却正在葡萄架下一边喝着龙井绿茶，一边下围棋。

杜微，瘦小的老头儿，五短身材，花白的小平头，一点也没有教授的派头。他的眼睛右大左小，左眼角有很深的鱼尾纹，据说这是一种“职业特征”——长期眯着左眼看显微镜所造成的。杜微是国内首屈一指的微生物专家，曾给李丽上过课。

他的对手是个三十来岁的青年，身材像绿豆芽似的，又高又细。大抵由于脸色白净，两颊瘦削，眼珠像围棋黑子似的，显得又大又黑又明亮，一望便知是一个绝顶聪明的人。他穿着长裤、长袖衬衫，手中的折扇不停地挥摇着。他叫王璁，外号“小白脸”，杜微的得意高足。

就在这时，响起了急匆匆的脚步声。杜师母领着一个年轻人来了。这个青年中等个子，三十来岁，国字脸，粗眉大眼，嘴唇显得有点厚。他穿着短袖衬衫，短西装裤，露出黝黑、发达的肌肉。他叫方爽，是杜微的另一位助手。

“杜老师，系里刚收到的加急电报。”方爽说着，把电报递给了杜微。王璁见方爽满头大汗，马上把手中的折扇递给了他。杜微拆看了电报，眉间皱起了像幕布的褶皱般的竖纹。

“太疏忽了！”杜微长叹了一口气。他记得，在宇宙航行初期，他的老师和另几位微生物学家曾预言过，在太空中，在其他星球上，可能存在着某些可怕的微生物。那时候宇航员天外归来，总是要用“碘氢氧化钠”之类的消毒剂严格消毒。后来，经过多次宇宙航行，从未遇上什么“可怕的微生物”，人们大意起来，取消了消毒手续，宇宙飞船上也撤掉了消毒设施，很多人甚至嘲笑杜微的老师是杞人忧天！杜微的老师虽然早已成为故人，但他的真知灼见如今却被事实所证明。不过，不幸中的万幸，“银星号”是坠落在沙漠上，烈性腐蚀菌在极度干旱的环境里难以迅速繁殖、扩散。如果飞船坠落在大海里，那这小小的天外怪物将吞噬地球，变万物为齑粉……杜微把李丽的电报递给两位助手。

方爽看了电报，这位习惯于未开口先笑的人，脸色变得呆滞起来，肌肉仿佛僵化了似的。方爽已是讲师，也曾教过李丽。此刻，他的脑海中闪现出这位爽朗而又执着的姑娘的形象。他仿佛看到，一朵含苞待放的鲜花，在火辣辣的沙漠上干枯了，焦萎了，凋谢了。他的心，像灌了铅似的，变得异常沉重。

王璁看了电报，脸色惨白，双眼变得无神。他同样曾教过李丽，这位迷人而又聪颖的姑娘，让他另眼相看。即便是李丽毕业后，他们之间依然有书信来往。如今，这份突如其来的电报，给王璁迎头泼了一盆冷水，顿时也使他感到浑身发冷。他仿佛看到，李丽倒在沙漠之中，狂风夹带着弥天黄沙，正倾泻在她的遗体上，把她深深地埋掉……沉默了一会儿，杜微用缓慢而严肃的语调，说出了自己的意见：“这是一个关系到全人类安危的重大问题。我马上飞往宇航中心，然后赶往现场。

“我认为，必须建立专门的实验室，深入地研究这种天外微生物，而实验室必须建立在沙漠深处，以防烈性腐蚀菌扩散。

“我要亲自去那里建立实验室，从事研究。不过，我已经年老体弱，希望你们两人之中去一个，和我一起工作。这一去，恐怕要在沙漠里‘隔离’三年五载。谁去谁留，我想听听你们的意见。”杜微说完，用期待的目光望着王璁。在老教授的心目中，论才华，王璁在方爽之上。面临着如此重大的研究课题，他当然希望带最得力的助手去。

“我去！”方爽快人快语，抢先答道。

“由老师决定吧！”过了一会儿，王璁答道，“去是工作，留下来也是工作。我不论去留，都可以。”

“好，等我向杨校长请示以后再定。”杜微说道。

四

五年过去了。

杜微和方爽过着与世隔绝的生活，在茫茫沙海之中，度过了五个春秋。

五年前，杜微和方爽坐着直升机，在“银星号”坠落点上空款款低飞，亲眼看到许多穿白大褂的人蜷曲着身体，倒毙在黄沙上，有的遗体已被黄沙埋掉了一半。他们俩的视线模糊了。泪水沿着杜微眼角深深的皱纹滚了下来，轻易不挥泪的方爽，也止不住热泪纵横。

直升机继续向前飞行，杜微选中了沙漠中心作为实验基地。直升机一次次在那里降落，宇航中心调派了一批年轻人，在几天之内，就建造起一座实验室。实验室一半埋在地下，一半露出地面，整体是圆形的，看上去像座碉堡。

实验室银光闪闪，四壁、天花板、地板、器具，绝大部分都是用金属钛做的。钛，是一种具有英雄气概的金属，银亮、轻盈、坚固。在化学上，大名鼎鼎的强腐蚀剂“王水”能够吞噬白银、黄金，甚至把号称“不锈”的不锈钢侵蚀，使之变得锈迹斑驳，面目全非。然而，“王水”对钛却无可奈何。在“王水”中浸泡了几年的钛，依旧锃亮，光彩照人！在十八世纪，当人们发现钛的时候，就把它当作英雄，用希腊神话中巨人族中的英雄——泰坦（Titan）来命名它。在古希腊，“泰坦精神”就是勇往直前的同义词。由于李丽临终前的提醒，杜微选用了这种英雄的金属来对付来自天外的恶魔。

银亮的碉堡建成之后，杜微要年轻人坐着直升机一批批撤离。最后，那里只剩下杜微、方爽，还有一架微型直升机。

一切准备工作都已经就绪。杜微和方爽穿上特制的保护衣。这种保护衣的样子像宇航服，表面镀了一层金属钛，就连头盔上也镀了钛——尽管从外面看过去像镜子一般，从里面却能看见外面的一切。杜微和方爽相视而笑，他们浑身闪耀着银色的光芒，杜微说像中世纪披着铠甲的武士，方爽则用大白话来形容——像只热水瓶胆！

方爽平素喜欢体育运动，会开汽车、摩托车、摩托艇，也能驾驶直升机。他在驾驶椅上坐定之后，忽然回头对杜微说，他忘了带水壶，请老师替他去实验室里拿一下。

方爽从来没有支差过他的老师。杜微以为他真的忘带水壶，便下了飞机，朝实验室走去。这时，杜微猛地听见身后传来轰鸣声，回头一看，微型直升机的螺旋桨在急速转动，扬起一股黄沙。一转眼，微型直升机腾空而起，把杜微孤零零地撇在沙漠里。

方爽讲话从来都是实打实的，这一次怎么撒起谎来呢？望着逐渐远去的直升机，晶莹的泪花又一次从杜微的眼角落下来。杜微心里明白：方爽怕到坠落点取样很危险，故意把老师支开，独自以“泰坦精神”赴汤蹈火去了！

渐近中午，寸草不生的沙漠上热不可耐，真的像《西游记》里所写的，“就是铜脑盖，铁身躯，也要化成汁哩”。可是，杜微没有躲到地下室去，只是呆呆地望着连一只飞鸟也没有的万里碧空。

过了两个多小时，终于响起了隐隐约约的轰鸣声。杜微循声望去，只见小黑点渐渐变大，果真是方爽平安归来。

杜微忐忑不安的心放下来了，急切地朝飞机奔去。谁知方爽刚下飞机，就像怒狮般朝老师猛吼道：“闪开！”方爽穿着银光闪闪的保护衣，拿着一只银光闪闪的样品瓶，朝实验室的消毒间走去。他随手把门反锁，消毒液朝他上上下下喷洒。按照沙漠的“惯例”，下午三点以后起风了。呼啸的狂风吹毁了那架轻盈小巧的微型直升机。直到傍晚五点多，方爽经过极为严格的消毒，这才脱掉那件甲壳似的保护衣，走出消毒间。

“菌种取来了！”方爽见了老师，马上报告道。不过，他的脸上没有笑意，而是浓眉紧锁，两道眉毛差不多拧在了一起。沉默了半晌，才长长地叹了口气：“全都牺牲了！”

方爽讲述了现场目击的惨烈情景：他从“银星号”指令舱里取出烈性腐蚀菌菌种，放入用金属钛做成的样品瓶，然后去看望救护队员。他们都遭到了强烈腐蚀，连面目都难以辨别，有一具尸体的白帽下露出一绺棕黄色的烫发，他认出是李丽，捧起黄沙把她掩埋了……

长时间的缄默，耳边只响着狂风的呜呜声，只响着沙粒打在实验室金属钛墙壁上的噼里啪啦声。

“如果刚才消毒不彻底，我们会遭到和李丽同样的命运。”杜微一边这样说，一边闪动着明亮的目光，他的声调并不低沉，“科学研究就跟打仗一样，有时要以生命为代价才能换取胜利的成果。当年诺贝尔研究炸药，他的弟弟被炸死，他自己受了重伤……趁现在还活着，你赶紧把现场所见所闻写下来。万一我们遭到不幸，这些白纸上的黑字也许会给后人以启示。”

从那天起，他们每天都会做详细的工作记录，随时都做好了与这个世界“告别”的准备。

方爽兼任报务员，用无线电波与宇航中心保持日常联系。他们需要什么，就请宇航中心派直升机空投。不过，杜微决不允许任何一架飞机在这里降落，也不许任何人前来访问，以杜绝任何造成烈性腐蚀菌向外散播的机会。当然，他们俩也绝不离开那里。

沙漠里的生活，就像沙漠本身一样枯燥。这里的水比金子还贵，全靠空投。杜微和方爽除了把水用于实验之外，差不多把每滴水掰成几瓣用！每天临睡前，师生俩总是光着脚在沙漠里散步，以沙“洗”脚，去掉臭味，以省掉洗脚水。

他们的唯一消遣，就是在实验之余，杀上一盘象棋或者围棋。

地球不断地打滚，日子一天又一天飞快地流逝。杜微和方爽小心翼翼地把天外恶魔囚禁在金属钛容器里，研究它的形态、构造、习性、生活史、繁殖方式。花费了一年多光阴，初步查清了这些问题。

紧接着，一个颇为棘手的问题耗费了他们许多精力：烈性腐蚀菌为什么具有那么强烈的腐蚀性？能不能利用它为人类服务？

辛勤的耕耘，会获得丰硕的果实；汗水和不眠之夜，会铺平通往科学之巅的道路。杜微和方爽经过几年苦斗，终于查明：烈性腐蚀菌的秘密，在于它能分泌出一种烈性腐蚀剂。它的腐蚀本领就来自腐蚀剂。尽管烈性腐蚀菌会传染，毒害人类，而它所分泌的烈性腐蚀剂除了会腐蚀许多物体之外，却并不会贻害人类。这正如青霉菌分泌的青霉素，能够作为药剂，治病救人。

历尽千辛万苦，杜微和方爽提取到纯净的烈性腐蚀剂——一种淡黄色的油状液体。用水稀释几百亿倍之后，在岩石上喷了一点点，好端端的岩石便被腐蚀，变成一堆细土！喷在保险柜上，马上就将其腐蚀成一堆铁锈！它也不能盛在玻璃瓶中，转眼之间，玻璃瓶便化为乌有！就连白银、黄金，都无不被腐蚀，失去光辉。夜间，杜微和方爽在那“碉堡”里，望着天幕上历历可数的星斗，浮想联翩：在不久的将来，要拆除水泥钢筋大厦，只消喷一点烈性腐蚀剂，便能把它化为一堆细土；筑铁路遇上大山，用烈性腐蚀剂可以化峭壁为通途；成千上万吨城市垃圾已成为一种越来越重的负担，一旦化为细土，便可以用来垫平低洼田；要开采地下深处的宝藏，也不必凿竖井、挖坑道，只消用烈性腐蚀剂腐蚀表面岩层，便可以露天开采……

憧憬着美好的前景，杜微和方爽忘记了因干燥而皲裂的嘴唇、手和脚，忘记了沙漠的单调和寂寞，忘记了他们的生命随时可能“报销”……他们争分夺秒，连“杀一盘”的闲暇也没有了。

五

这五年，王璁是在滨海大学度过的，是在非常愉快的气氛中度过的。然而，不久前的一件小事，却使王璁感到莫大的不快。

那一天不比往常，杨校长在几天前就通知他，有一个重要的外国科学代表团前来访问，要他参加接待。在与外宾见面时，杨校长介绍道：“这位是生物系代系主任王璁副教授。”

一刹那间，王璁的脸上闪过不愉快的神色。虽然他很快就露出了笑容，与外宾一一握手，可是这一天他的内心一直闷闷不乐。

一个“代”字，一个“副”字，刺痛了他的心！

这五年间，王璁一帆风顺：发表了好多论文，从讲师提升为副教授，当上了生物系代主任——这“代”字，是由于系主任杜微教授还在人世。

王璁记起了已经被他渐渐淡忘了的系主任杜微教授……

五年前，当杜微和方爽初到沙漠，他们与王璁之间的联系是非常频繁的。杜微三天两头到宇航中心发电报，请他们转告王璁要往沙漠里运什么仪器，要代查什么文献，或者询问系里的工作情况。那时候，王璁常为自己未跟杜微一起奔赴沙漠而感到一种隐隐约约的负疚，所以他对杜微的托付总是尽力去办。特别是在杜师母病倒的时候，王璁日夜守候在她身边，劝慰师母，请她宽心。

随着时间的流逝，当王璁知道杜微和方爽困守在沙漠之中，没有多大进展，与他们的联系就慢慢减少。在王璁当上代系主任之后，工作忙碌，就很少顾及杜微和方爽了。杜微仍不时通过宇航中心转来电报，要查阅文献，王璁忙不过来，把这些事儿交给了自己的助手。尽管这样，每逢过年过节，王璁总是记着杜微。公务再忙，他无论如何也要抽空去拜访师母，问候一番，以尽师生之礼。

在杜微的“桃李”之中，杜师母最喜欢的，莫过于王璁了。她觉得王璁文质彬彬，既聪明，又很懂人情。这天，当王璁拎着一盒月饼来看望时，杜师母不由得记起六年前的往事：在中秋之夜，王璁和方爽一起来了，杜微请他们吃“团圆饭”。杜微自己动手，做了一盘红烧鱼，而她则做了一碗清炖鱼汤。杜微问起助手们的“食后感”，方爽说红烧鱼太咸，清炖鱼太淡；王璁则说红烧鱼肉美，清炖鱼汤鲜……

王璁放下月饼，关心地问候师母的身体情况，问起系里的会计是否每月把杜微教授的工资送来。想不到，师母告诉他：杜微在几天前来过电报，说是研究工作有了重大进展！

尽管杜师母说不出“重大进展”的具体内容，然而，王璁马上意识到这是不平常的信息。

在回家的路上，月明如洗。王璁望着银球般的月亮，那上面出现的不是嫦娥的形象，而是杜微的形象。王璁暗自思忖道：“难道他们是‘几年不鸣，一鸣惊人’？”

王璁已经走到自己家门口了。不知怎么搞的，他突然转过身子，朝自己助手的家走去。

王璁细细翻阅着助手收到的宇航中心转来的杜微的电报，他明白了：杜微和方爽正面临着重大的突破！

回到家里，已经很晚了。妻子和三岁的小女儿，正在清凉的月光下等着他吃“团圆饭”。妻子是个俊美而贤惠的女性，生物系的助教。王璁无心赏月，吃了几口月饼，就独自到书房里去了。他背剪着双手，来回踱着方步——这是他陷入沉思的习惯性动作。王璁的心情是复杂的。这几年，他一直暗暗地为自己没有陷身沙海而庆幸。如果当年跟随杜微去的话，今天他不会成为代系主任、副教授，也没有温暖的小家庭。

然而，如今他猛然发觉，经过几年苦心经营，沙漠深处已经竖立起高高的发射架，即将把一颗震惊世界的科学明星发射出去！王璁是很懂得科学“行情”的人，他相信自己从电报中所得出的判断是准确无误的。他明白，如果天外恶魔真的在沙漠深处被制服，这将意味着什么。

王璁对那颗科学明星一旦发射成功以后的形势，做了这样的估计：对于杜微教授来说，倒没什么，因为他本来就已经是国内微生物界坐第一把交椅的人物，新的胜利将会提高他的国际声望。俗话说，“名师出高徒”，老师名望的提高，将会使王璁也沾光。王璁最担心的是方爽，他俩本是“脚碰脚”，同班毕业，同时留校，同时成为杜微的研究生，同时当助教，同时提升为讲师。王璁深知，论业务，论才智，他在方爽之上。正因为这样，杜微教授喜欢他胜过喜欢方爽。这几年，王璁发表的论文接二连三，已经是副教授，再这样继续下去，过几年教授的桂冠自然会戴到他的头上；方爽呢，这几年一个字也未发表过，依旧是个讲师而已。要知道，从助教升到讲师并不算难，从讲师到副教授却不那么容易——许多人在学术上没有成就，一直到退休，也只是个讲师呢！然而，一旦方爽"一鸣惊人"，那样重大的学术成就会震惊世界微生物界的。到了那时候，方爽从沙漠凯旋，不仅可能被越级擢升为教授，甚至当个学部委员也不在话下！

黑格尔说过这样的话："嫉妒便是平等的情调对于卓越的才能的反感。"一股强烈的嫉妒感，冲击着王璁的心扉。他的心跳怦怦加快了，他的耳根热了，他的眼睛也红了。

第二天上午，王璁向沙漠深处发去一纸电文："欣悉进展神速。如需助战，当尽绵薄之力。"

想不到，当天中午，宇航中心就转告了来自大沙漠的信息：杜微教授很欢迎王璁参加到征服烈性腐蚀菌的行列中去！杜微教授认为，他能够很快弄清楚烈性腐蚀剂的分子结构，下一步便是如何用化学方法人工合成它。然而，在沙漠之中，人少力单，限于条件，不能开展这项规模宏大的工作，希望王璁组织一个班子，邀请化学系的教师参加，着手这个重要项目的研究。由于烈性腐蚀剂是非生命物质，不会像烈性腐蚀菌那样传染、繁殖，因此在滨海大学开展这样的研究工作是安全的，不会造成污染。王璁满脸愁云一扫而光，立即复电："照办。"

六

为了便于随时联系，滨海大学生物系也设立了专用电台，与沙漠深处进行对话。从此，电文不必请宇航中心代转了。

在生物系实验大楼里，出现了一间特殊的实验室——天花板、地板、四壁、门窗、桌椅、仪器，全用银光闪闪的金属钛做成。

王璁到底是富有才华的人，在他的领导之下，经过一年努力，人工合成烈性腐蚀剂的工作很快就有了眉目。也就在这个时候，一批外国同行前来参观，王璁穿着笔挺的西装，用流利的英语向同行们介绍生物系的情况。当他陪着同行们走过一间实验室，那银亮的紧闭着的门窗，引起了他们的注意。

尽管杜微曾一再关照过王璁，“不到火候不揭锅”，切不可过早向外介绍研究情况，然而此刻面对着那么多外国同行投来的期待的目光，一种无法抑制的炫耀的感情，使王璁开了口，透露了这一惊人的研究工作。

这消息当然使外国同行们目瞪口呆。他们把王璁团团围住，无论如何要参观实验室，王璁只得以“防止传染”为借口挡驾了。

半个月后，世界微生物学会主席约翰逊先生发来了电报，邀请中国派出学者前往讲学，介绍第一次被人类擒获的太空微生物——烈性腐蚀菌。《世界微生物学报》编辑部也发来电报，愿意立即发表中国学者的这一研究论文，并告知将按该刊最高稿费十倍的标准付给酬金。编辑部认为，能够发表这样的论文，将使《世界微生物学报》增光。说出去的话，像泼出去的水，无法收回。两份电报都是拍给王璁的，不过，约翰逊的电报中并未指出邀请王璁。王璁本来想马上把电报转交给杨校长，但是细细一想，觉得还是先电告杜微的好。

杜微的回电很快就发来了。当然，他批评了王璁过早地“揭锅”。不过，话既然讲了出去，国际上又这样重视，就应当派人出国讲学。派谁呢？唯一的人选，就是王璁！因为杜微和方爽不能离开沙漠——万一身上或飞机上沾带了烈性腐蚀菌，后果不堪设想。

杜微的电报，正是王璁想得到而果然得到的答复。王璁匆匆来到杨校长办公室，把国外来电都放在杨校长面前。于是，王璁又得到了他想得到而果然得到的答复："既然国外来电邀请，而杜微教授提议你出国讲学，校领导也同意。"

轻轻松松，顺顺利利，王璁出国讲学就这么定了下来。王璁那白净的脸上，泛起了喜悦的红晕。

紧接着，王璁着手办理另一件大事——写论文。

王璁有点踌躇起来，荡漾在嘴角的笑意也消失了。因为这项研究工作是杜微和方爽花了多年心血所做的，王璁对于详尽的情况并不了解。尽管王璁文思敏捷，然而巧媳妇难为无米之炊。

王璁只做了化学合成方面的一部分工作，只能写这一小部分。

怎么办呢？唯一的办法是请杜微和方爽写论文。王璁在给杜微和方爽发去电报之后，又习惯性地背剪双手，踱起方步来了。

他们会不会留一手？会不会不把关键性的数据写上去？——特别是方爽，跟他"脚碰脚"，也许会留一手。根据他的经验，在科学界，留一手是常有的事。不留一手，怎能在关键性的时候胜人一筹呢？

王璁不断踱着方步，又担心起另一个问题：论文该怎样署名？署名，是件大事儿，表明论文发表后所带来的学术荣誉应该属于谁，这就像在专利权证书上签名一样神圣。王璁认为，这篇论文的作者，当然是三个——杜微、方爽和他。署名的顺序，可能是杜微、方爽、王璁。把杜微这样的权威放在首位，是理所当然的，是科学界的惯例。关键是他与方爽的排名顺序，如果把方爽排在他的前面，那么……杜微曾说过王璁"聪明过人"，但又"聪明过度"。此刻，王璁不停地来回踱步，内心正在受着聪明过度的折磨。

一个多星期以后，长长的电文从收报机中泻出。不言而喻，发来的是论文电稿。王璁迫不及待地看着电文。在论文标题之后，照例是作者的姓名。尽管王璁聪明过人，这一次却万万没有料到，名列首席的不是杜微，不是方爽，不是王璁，竟然是李丽！

像闪电一般，在王璁的眼前浮现出一位姑娘的倩影：脸色红润，鼻子小巧挺直，嘴唇微微噘起，一对黑宝石般的大眼睛，一头棕黄色的波浪形烫发……王璁对她是那么熟悉，一度把她视为最优秀的学生和接班人。然而，经过六个春秋，他淡忘了……王璁的眼睛睁得大大的。他没有想到，杜微和方爽还一直牢记着她，把她的名字放在第一个。

王璁的视线重新落在电文稿上。在李丽之后，写着另外三位作者的名字，顺序为杜微、王璁、方爽。

这又使王璁的心猛烈地颤动了一下。尽管他很希望自己的名字能够排在方爽之前，但是他很难置信从沙漠中发出的论文稿上会是这么排列的！

王璁一字不落地读着长长的论文。他是内行，一看就知道论文的内容很扎实，条理清楚，数据详尽，没有“留一手”的痕迹，这使王璁深感满意。论文中以显著的方式提到了李丽，称颂她是烈性腐蚀菌的发现者，世界上第一个明确描绘了烈性腐蚀菌形态的人，第一个指出了烈性腐蚀菌不能腐蚀金属钛。她的这些发现，为之后的研究工作开辟了道路。论文建议把烈性腐蚀菌命名为“李氏菌”，以纪念这位为此而献身的中国青年女科学家。

王璁把论文一连看了三遍，论文的执笔者是方爽。王璁除了根据杜微教授的意见，补充了化学合成部分的内容之外，其余的一字未改。他把论文译成英文，送去打字。

论文的英文打字稿送来了，王璁的目光久久地停留在那行作者名字上，自言自语道：“李丽已成故人，放在首位无碍。杜微放在第二位，理所当然。至于我放在方爽之前，原文如此嘛！”

王璁一边得意，一边自我安慰。

一切，都如愿以偿。

尽管王璁也曾出过国，不过，由于他资历浅，在国际会议上只是一名普通的代表而已。然而，这一次今非昔比。他，成了红极一时的新闻人物。他的形象，出现在报纸上、电视荧屏上、电影银幕上。

“王——征服太空恶魔的英雄”“王——像钛一样不畏腐蚀的人”“王——开创了微生物学的新纪元”“王——太空微生物学的奠基人”……国外报纸用大字标题，向读者介绍了尊贵的王璁先生。王璁看到这些报道，心花怒放，他从未享受过这样高的荣誉。然而，当他一想到沙漠，他炽热的心一下子就冷了，他有一种说不出的空虚感。荣誉与虚浮，交织出一张花色复杂的感情之网。多少年来，王璁日日盼，夜夜盼，期待着有朝一日能够闻名世界，想不到这一天果真到来时，他的内心却又隐隐地感到痛苦。

雪花般的宴会请帖，向王璁飞来。王璁一天出席三次宴会，还应接不暇。

在世界微生物学会主席约翰逊举行的私人宴会上，他在跟王璁频频干杯之后，半开玩笑地对王璁说：“王先生，你考虑过没有，也许，你们的这一成就，会获得世界科学奖金！”

“哦？”王璁吃了一惊，这是他从未想到过的。

“真凑巧啊。”约翰逊眯着碧蓝的眼睛，双眉一扬，笑嘻嘻地说，“世界科学基金会规定，如果某项获奖成果是由许多人做出的，至多只能有三人获奖。获奖是莫大的荣誉，可是常常由于只能三人得奖而引起一场纠纷。用你们中国人的话来说，叫作‘摆不平’。你们这项研究，正巧是你和杜先生、方先生三人合作，将来三人一起获奖，不会有什么纠纷。王先生，让我冒昧地为预祝你获得世界科学奖金而干杯！”

真是“言者无意，听者有心”，学会主席随便说说的话，深深地印在王璁的脑海之中。尽管王璁也了解，一年一度的世界科学奖金是由S国科学院在极为秘密的会议上评定的，不仅获奖者本人事先不知道，其他科学界人士也无从知晓。约翰逊的话，当然是酒后闲聊罢了。不过，这几句话却提醒了王璁——那篇还没有交出去的论文打印稿上，印着四个作者的名字！王璁在作学术报告时，虽然谈到了李丽为此而牺牲，但是谈到研究工作时，只提到了杜微和方爽。这样，约翰逊当然以为论文的作者是三个。

深夜，王璁穿着羔皮软底拖鞋，在宾馆打蜡的地板上来回缓缓踱着。他低垂着脑袋，紧皱眉头。

桌上，摊着论文打印稿，还有一瓶刚买来的褪色灵药水。

讲学将于明天结束，论文必须在明天交出。王璁很庆幸，约翰逊在今天提醒了他。

王璁收住了脚步，在桌子前坐下。论文上，清楚地印着四位作者的姓名：

李丽　杜微　王璁　方爽

王璁手里拿着褪色灵药水，瓶塞下插着一支毛笔。这支笔朝谁的名字上一涂，转眼之间，谁的名字顿时就会从纸上消失。

去掉谁的名字好呢?

去掉杜微，去不掉，也用不着去掉；去掉自己吧，当然不可能；去掉方爽吧，嗯，这正是自己所希望的。不过，方爽去不得！去掉了方爽，显得自己太露骨了，会惹麻烦的。把方爽的名字排在自己的大名之后，已经算是很委屈他了。

想来想去，唯一可以去掉的，只有李丽！

看到李丽的名字，王璁的脑海中又浮现出那姑娘爽朗而迷人的形象。

王璁记得，当李丽考入滨海大学生物系的第一天，他就非常欣赏这位聪敏的学生；王璁记得，他和李丽共同泡在实验室的日日夜夜。甚至还想过，如果两个人可以一辈子一起搞科研，会是一种怎样的光景……

王璁记得，在李丽毕业的时候，他曾千方百计想让李丽留校，而李丽却坚持要到边疆的宇航中心去工作，要他在留校名单上擦去自己的名字。难以忘怀的往事，使王璁犹豫了。要去掉李丽的名字，使他受到良心的责备！然而，不久，王璁又终于找到了去掉李丽的理由：第一，李丽并没有参加研究工作，何必把她作为论文的作者；第二，在论文中已经很郑重地提到她，并建议用她的姓来命名烈性腐蚀菌，这很够了……

王璁拿起了小毛笔，手显得有点颤抖。当他的手朝“李丽”两字伸去时，抖得更厉害了。他咬紧了嘴唇，竭力镇定下来，终于用褪色灵刷掉了李丽的名字。

王璁顺手拿起一张报纸，遮掉那只剩下三个作者姓名的论文。谁知报上的赫然大字，又深深刺痛了他的心：“王——征服太空恶魔的英雄！”

七

王璁回国不久，就收到《世界微生物学报》编辑部寄来的三本杂志。一打开，论文刊登在首页，赫然印着“杜微、王璁、方爽”的大名。

杜微和方爽仍不断来电，报告新的信息：他们正在着手研究一种“抗腐蚀剂”。这样，在使用烈性腐蚀剂时，凡是不需要被腐蚀的部分，涂上抗腐蚀剂，就不会化为齑粉。这是降服天外恶魔的重要武器。杜微和方爽在荒漠里开始度过第六个冬天。

雪花飞扬，朔风呼啸。上午八点整，王璁来到温暖如春、窗明几净的系主任办公室里，习惯性地沏好一杯龙井绿茶，把台历翻到新的一页——十一月十日。

电话铃声响了。

一上班就来电话？王璁随手拿起了耳机。

从耳机上传来了接线员清脆的声音："滨海大学生物系吗？S 国通过通信卫星打来长途电话，请杜微、王璁或方爽接电话。"

这突如其来的长途电话，使王璁的心一下子提到了嗓子眼。

"S 国？世界科学奖金？"王璁那灵活的脑子中，在一刹那间，马上闪过这样的念头。王璁意识到这是很重要的电话，按下了电话机上的录音键。这样，录音机就能把通话录下来。王璁屏气敛息听完了电话，以为自己在做梦。他按了一下复读键，从电话中传出刚才通话的录音，从头至尾重听了一遍，方知不是梦。

电话是 S 国科学院秘书打来的，通知他，为了表彰中国微生物学家杜微教授、王璁副教授和方爽讲师在研究天外微生物李氏菌方面所做出的杰出贡献，决定授予本年度的医学和生理学世界科学奖金。授奖仪式在十二月十日。秘书还委托王璁，把这一通知转告另外两位获奖者——杜微教授和方爽讲师。

王璁的目光重新落在台历上，他这才意识到：今天是十一月十日，离十二月十日正好还有一个月。

按照惯例，S 国科学院总是在授奖前一个月，把获奖消息用长途电话通知获奖者本人。台历也证实不是梦，绝不是梦！

王璁克制着内心的极度兴奋，把录音磁带复制了一份。他带了复制磁带，驾驶着轿车，直奔校长办公室。他心里想：等请示杨校长之后，再通知杜微和方爽。看来，去掉李丽的名字这件事，还得向杜微教授做一番解释工作。不过，杜微也许不会责备他，因为不去掉李丽，名列第四的论文作者——方爽，就不会成为世界科学奖金获得者呀。就用这样的理由向杜微教授解释吧……

王璁连敲门都忘了，一把推开校长办公室的门。他一眼就看见，杜师母正坐在那里，跟杨校长谈话。

王璁机灵的脑袋中，立即猜测道：难道S国科学院通知了杜师母？她已经知道了这消息？

杨校长站了起来，对王璁说道："你来得正好。我正让秘书打电话找你！"

王璁在杜师母身边坐了下来，这才发觉气氛不大对头，杜师母的眼眶里噙着泪花！发生了什么事情？王璁仿佛又坠入梦境，对于眼前急剧的变化感到莫名其妙，不知所措。

杨校长见王璁呆呆地坐着，便说道："你还不知道？听听这长途电话录音……"

杨校长一按电话上的重复按钮，便传出了通话录音，语调是低缓而沉重的："杨校长吗？我是宇航中心。对，对，我是宇航中心。向你报告一个不幸的消息。

"今天是十一月十日。我们在每月十日、二十日、三十日，总是按时给杜微和方爽同志空投给养，一月三次。今天凌晨五点，当我们用无线电联络时，对方没有回电——这在六年中是第一次。

"喷气运输机按时起飞。七点五十分，飞临目的地上空，没有人出来接货——这在六年中也是第一次。

"喷气运输机无法在沙漠中降落，只好一边照旧空投物品，一边发急电告知我们。估计是杜微和方爽同志出了意外。

"我们准备立即派出救护队。总指挥部认为，救护队中必须配备微生物学专家，指导这一抢救工作。

“我们等待你的回电。”

这突如其来的意外消息，像一盆冷水，浇在王璁那发热的脑袋上。王璁抬起头来，看到杨校长正用恳切的目光注视着他。王璁明白这目光中所包含的意思——希望王璁能够奔赴现场。显然，王璁是唯一最合适的人选，因为他既是杜微教授的高足、方爽的同事，又是熟悉烈性腐蚀菌的专家。

如果说，在六年前，当李丽发生意外时，杜微决定带一名助手奔赴现场，是从两人之中选一个，那么，如今却没有任何选择余地了。面对着校长，面对着师母，王璁张口说出这样的话：“由校领导决定吧。”

“那你马上出发，奔赴现场！”杨校长像指挥官似的，下达了命令。王璁站了起来，杜师母紧握着他的手，用有点颤抖的声音说道：“王璁，千万小心。从飞机上看看就行了，别下去，你的家里，请放心，我会照料。”

王璁走出校长办公室，忽然又折了回来。他从衣袋里掏出复制的录音磁带，交给了杨校长。

八

一架雪白的直升机，机身上漆着巨大的红十字，正在中国西北部大沙漠上空匆匆飞行。飞机离地面只有四五百米。机舱里，人们穿着白大褂，戴着白帽子，神情严峻。除了响着发动机单调的轰鸣声外，人们沉默不语。

沙漠，无边无涯的沙漠。王璁平生还是第一次亲眼看到荒凉、单调、乏味、寂寞的沙漠。

午后，直升机飞临目的地上空。那银光闪闪的“碉堡”孤零零地矗立在一片黄沙之上，在灿烂的阳光下显得格外醒目。

尽管飞机的轰鸣声在空中响着，地面上却毫无反应。人们注视着“碉堡”，没有一个人从里面出来迎接。

由于情况不明，飞机不敢在沙漠上降落。万一毒菌在那里蔓延，将会使救护队遭到与六年前同样的悲惨命运。

总指挥决定放下直升机的绳梯，先派一个人下去探明情况。

这样的人选，当然只有王璁最合适。

没有任何选择的余地，王璁只得穿上镀钛的保护衣，一步一步走下绳梯。他与总指挥约定：当他走进实验室，一切都正常的话，发射绿色信号弹，直升机马上接他回去；如果需要其他救护队员下去帮忙，则发射黄色信号弹；只有在万不得已的情况下，他发射红色信号弹，这表明他已经受到传染，不能回去，请直升机撇下他直接返航。

王璁的脚，第一次踏在沙漠之上。他这才发觉，沙漠上是那么松软，在沙漠上行走是那么吃力。

王璁颤颤巍巍朝银光耀眼的实验室走去。每走一步，都在沙上留下了清晰的脚印。

王璁走进实验室。三分钟过去了，五分钟过去了，十分钟过去了，一刻钟过去了，竟毫无动静！

直升机停在空中，救护队员们用焦急的目光，注视着“碉堡”。

总指挥着急了，穿上了镀钛保护衣，准备亲自下去。队员们也穿上了保护衣，争着要下去。

二十分钟过去了，仍然没有动静。总指挥沿着绳梯，朝下走去。就在总指挥快要到达沙漠的时候，突然，从“碉堡”的窗口发出响亮的“啪”的一声，一颗鲜红的信号弹出现在明净的碧空之中。

总指挥不得不折回去，沿着绳梯回到机舱。

直升机返航了，沙漠上起风了。

王璁为什么会发射红色信号弹？他发生了什么意外？人们猜测着，焦虑着。

当天晚上，宇航中心指挥部收到了来自沙漠深处的长长的电报。电报是王璁发来的，终于详尽地报告了情况——

宇航中心并速转滨海大学杨校长：

我已查明原因。当我走进实验室，在实验桌前，有人坐在那里，低垂着脑袋，仿佛靠在桌上睡着了。我赶紧走上前去，使劲摇着他的身体，想把他叫醒。这时，我才发觉他浑身僵硬，早已离开了人世！

他是谁呢？我几乎不认识他了。他的头发又乱又长，已经夹杂着许多白发。他的脸呈紫铜般的颜色，满腮胡子。如果不是前额左上方有一块明显的疤，我几乎无法相信他就是方爽同志！在我的印象中，他如犍牛般壮实，一副运动员的派头，眼下竟皮包骨头，双眼深凹！

我可以断定，他并不是受烈性腐蚀菌的感染而死，因为他的遗体没有遭到腐蚀的迹象，从方爽同志死去的姿势来看，他在临死前夕还在坚持工作。他是死于过度劳累！

我挂念着杜微老师，奇怪的是，在小小的“碉堡”里，从上至下，都不见杜微老师的踪影。他到哪里去了呢？

我在方爽的实验桌上，看到厚厚的工作记录本，用端端正正的字记载着他们到达沙漠之后的每一天的工作。

我从记录本上获知，杜微教授一年多以前——去年夏天，因年老体衰，在天气奇热的一天里突然中暑而死。我这才明白，从沙漠中发来那篇论文电稿时，杜微老师早已不在人世了！

方爽在记录本上这样写道："请组织上原谅，我没能把杜微教授不幸逝世的消息立即报告你们。因为我担心报告之后，你们会另派别的同志到这里工作。这里是一个只进不出的地方，条件恶劣。虽然我也极想有一个人来做伴，但是考虑到我一个人能够胜任这儿的工作，所以我决定不向你们报告。"

说实在的，我从飞机上下来，是想看一下就回去的。所以我在手枪里，已预先装好了绿色信号弹。只消一扣扳机，就可以发射出去。然而，进入"碉堡"以后，我深深地被杜微老师和方爽同志的无私献身精神所感动。我决定留下来，接替他们的未竟之业。我从手枪里卸下绿色信号弹，装上红色信号弹，发射出去。

在飞机远去之后，整个下午，我忙着安葬方爽同志。从笔记本上获知，杜微教授就安葬在实验室旁边。我找到了他的墓，墓前竖着一块亮闪闪的金属钛做成的牌子，刻着这样的字："吾师杜微教授之墓　学生方爽敬立"。我把方爽安葬在杜微教授旁边，在墓前也立了一块金属钛制成的牌子，刻着这样的字："挚友方爽同志之墓　王璁敬立"。现在，屋外响着呼呼的风声。在这大沙漠，只我孤身一人。

我在灯下详细地翻阅着实验笔记。我一边看，一边感到深深的内疚：尽管我的肌体健全，但是一种无形的"烈性腐蚀菌"已经腐蚀了我的灵魂！这是用显微镜所看不见的“烈性腐蚀菌”。

我早已受到感染，却不觉得。尽管李丽、杜微、方爽都已离开了人世，但他们的灵魂是完美的、纯洁的，他们的科学道德是无比高尚的。他们是用特殊材料——金属钛制成的人。他们是真正的“泰坦”，真正的英雄。

我决心留在这儿长期工作。我要在这里制成抗腐蚀剂。它将不仅用于对付天外来的烈性腐蚀菌，同时也将使我的灵魂不再受到腐蚀。

请不必给我派助手。我的身体很好，能够独立完成工作。

最后，请杨校长立即打长途电话给S国科学院秘书，做如下更正：论文作者应为李丽、杜微、方爽、王璁。世界科学奖金获得者应为论文的前三名作者，即李丽、杜微、方爽。

王璁

日本篇

日本的起源和书面文字都与中国难解难分，日本的想象文学——神话、传说与奇遇记——同样也与中国颇有相似之处。1964 年，东京大学教师兼评论家石川乔司（Takashi Ishikawa）主张《古事记》（*Kojiki*，712）和《竹取物语》（“Taketori Monogatari”，800）是日本科幻的先行者，后一部作品的女主人公就像中国神话《嫦娥奔月》中的嫦娥一样飞向了月球。但有两起事件改变了日本人对科幻小说的态度：1853 年马修 · 佩里准将率领舰队驶入浦贺港的“黑船事件”，以及第二次世界大战后美军占领日本。

这两件事带来了类似的后果。黑船开国之后，日本接受了西方的社会变革，而没有像中国那样与之对抗。被美军占领之后，日本经济则迅速实现了现代化。于是日本也就成了除美英两国之外世界上最主要的科幻小说生产国与消费国。到了 20 世纪 90 年代初，日本每年出版的本土科幻作品约有 400 种，译作约有 150 种，这个数量与英国每年出版的大约 500 种新书相比还稍占上风，甚至可以与美国出版的 1 100 到 1 200 种新书相媲美。日本有《科幻杂志》（*SF*

Magazine)、《科幻冒险》(*SF Adventure*)、《奇想天外》(*Kiso Tengai*)三种科幻杂志,《阿西莫夫科幻杂志》(*Isaac Asimov's SF Magazine*)也发行了日本版,发行量可能达到了 50 000 册,足以匹敌美国本土的发行量。此外,日本还有两种半专业的科幻杂志,以及相当多的科幻迷自办刊物。

西方科幻在日本得到普遍接受的部分原因无疑在于日本在工业领域取得的巨大成功。工业化,尤其是与交通和电子领域的新产品联系在一起的工业化,使得变革成为显而易见的社会因素,这似乎是变革文学——科幻小说——得到广泛接受的必要条件。尽管如此,日本科幻还是保留了自己的特色。这些因素综合起来,使日本成为为本卷收尾的最恰当国家。

佩里迫使日本开国对这个封闭的社会造成了极大影响,使得儒勒·凡尔纳的科技探索冒险作品在日本得到了广泛接受。还有一批乌托邦作品也得到了翻译和模仿,代表作是爱德华·贝拉米的《回顾》(*Looking Backward*,1888)。但是,在日本最受欢迎的科幻作家还要数 H. G. 威尔斯。日本人专注于从西方文化中吸取他们认为有用的东西,因此威尔斯在日本读者中几乎和莎士比亚一样受欢迎。

1890 年,日本开始出现类似凡尔纳的原创小说——矢野龙溪(Ryukei Yano)的《浮城物语》(*Ukishiro Monogatari*)。押川春浪(Shunro Oshikawa)于 1900 年出版的《海底军舰》(*Kaitei Gunkan*)一经问世就成为畅销书,之后押川春浪又创作了许多科技军事冒险题材的小说,甚至在 1908 年创办了杂志《冒险世界》(*Boken Sekai*)。到了 1920 年,《新青年》(*Shinseinen*)和 1923 年的《科学画报》(*Kagaku Gaho*)接替了它。1929 年,日本出版了本国第一份纸浆杂志。这一时期的科幻作者包括小酒井不木(Fuboku Kosakai)

和海野十三[1]（Juza Unno）。

美国在第二次世界大战之后占领了日本，也带来了美式科幻。约翰·L. 阿波斯托洛在《日本科幻精选》（*The Best Japanese Science-Fiction Stories*，1989）的导言中指出："许多美国大兵带来了科幻杂志和平装书，这些书刊后来在东京和其他主要城市的二手书店里都能找到。"《科幻研究》（*Science-Fiction Studies*）上有一篇山野浩一（Koichi Yamano）写的文章，达科·苏文在文章导言中如此归纳美国科幻大量涌入日本的原因："为了供应福利社，美军将大量科幻书籍送进了日本，这些书籍后来被归国美军士兵留在身后，并且纷纷流落到了痴迷的日本读者手中……"大卫·刘易斯在《惊异剖析》一书中提及日本科幻收藏家野田昌宏（Masahiro Noda）的经历，此人曾经在一家旧书店里看见一张桌子，上面堆满了被丢弃的美国纸浆科幻杂志，色彩斑斓的杂志封面当即吸引了他的注意，其他人则是受到了杂志里的故事的吸引。刘易斯总结道："就在日本科幻开始形成自己的传统时，战争和美军占领将其重新打回了模仿阶段，日本人花了将近四分之一个世纪的时间才得以克服这个阶段。"山野浩一也在1969年的文章中感叹日本特色科幻失去了的发展机会，以及日本科幻界对于海因莱因、阿西莫夫，甚至雷·布拉德伯里与弗雷德里克·布朗等美国作家的粗劣模仿。

上述几位作家的翻译作品在20世纪50年代与60年代初的日本大受欢迎。1950年，有七本选自《惊奇故事》杂志的小说选集在日本出版，1956年至1957年元元社（Gengensha）出版了20卷《最新科学小说全集》。早川书房（Hayakawa）在1957年推出了第一套成功的科幻丛书，到1974年已出版318卷，除去其中50卷外均为译

1. 原名佐野昌一，日本科幻作家、推理作家，人称"日本科幻的始祖"，同时亦是日本"科幻推理小说"的开创者。代表作有《俘囚》《地球盗难》《十八小时音乐浴》《漂浮的飞行岛》。

作。1970年开始发行的“早川科幻文库”（Hayakawa Bunko SF）全部为译作，至今仍在出版。东京创元社（Tokyo Sogensha）也有译作系列；朝日音画社（Asahi Sonorama）出版了日本原创系列；三丽鸥（Sanrio）出版了“三丽鸥科幻文库”（Sanrio SF Bunko，1978—1984）；其他出版社也有过小规模的出版。

1957年，也就是“早川科幻系列丛书”（Hayakawa SF Series）开始发行的同一年，日本科幻作家俱乐部的创始人柴野拓美（Takumi Shibano）创办了堪称传奇的日本科幻同人杂志《宇宙尘》（*Uchujin*），至少有一半以上的日本科幻作家借助这份刊物发表了自己最早的作品，其中有半村良、星新一、小松左京、筒井康隆、眉村卓、丰田有恒、田中光二、矢野彻等。柴野拓美本人也是小有名气的作家及全职翻译。半村良、星新一与小松左京被合称为日本科幻界的“御三家”。半村良在1962年出版了他的第一部小说，他在科幻领域著作颇丰、广受赞誉，而且还写过历史小说。星新一写了1 000多篇短篇科幻小说、许多微型小说，以及一些被归类为奇幻小说或悬疑小说的作品。小松左京是日本科幻界的代表人物（他被称为日本的海因莱因，有时也被称为阿西莫夫），创作了多部长篇小说，1973年出版的畅销书《日本沉没》，后来被改编成电影。矢野彻是日本科幻的元老级人物，创作了不少脍炙人口的小说，也翻译了不少相关作品。较年轻的科幻作家有山田正纪、梦枕貘、新井素子、大原麻里子等。

一些日本科幻界的评论家，例如山野浩一，很不满意日本科幻受美国影响的现实，鼓吹“英国新浪潮”式的运动。另一些人，例如阿波斯托洛，则指出了日本科幻偏离美国（甚至英国）模式的各种表现。他写道：“对于大多数日本科幻作家来说，未来并不具有很大的吸引力。相反，他们利用科幻体裁来审视过去和现在，试图理解迅速变化的社会。”不过，刘易斯也指出，到了20世纪70年代末，日本作家的知名度开始在本国超过美英两国的作家。他还写道，日本人对于未来和科学几乎没有什么兴趣，因此日本几乎没有“硬科幻”。根据他的分析，“日本科幻作家们注重个人角色而非人物所处的环境，注重现代日本人所面临的道德困境而非他们的后代将要怎样生活”。他这样分析道：

> 社会学家们经常会注意到日本人对自己的身份问题极为着迷。日本是一个高度同质化的国家。与其他任何国家相比，日本或许有一点独特之处：这个国家从来没有在古代遭受过侵略，没有接纳过各路移民，没有受到过外来文化的影响，除非首先引进。日本民族之所以将自省当成消遣方式，部分原因或许正在于此。当然，日本科幻也继承了这种国民性，惯于利用各种技巧在越发受控的环境里探讨‘我们现在是谁？’而不是‘我们将成为谁？’的问题。

日本科幻电影中最引人注目的门类可能当属怪兽电影。从1954年的《哥斯拉》开始，之后还有《空中大怪兽拉顿》(1956)、《摩斯拉》(1961)、《大怪兽卡美拉》(1966)等。其他著名日本科幻电影包括《地球防卫军》(1957)、《美女与液体人》(1958)、《日本沉没》(1973)等，此外还有以《铁臂阿童木》为代表的动画片连续剧。

和美国一样，日本主流作家也涉足了科幻领域，也许影响还要更大。其中最著名的是安部公房（Kobo Abe），他的《第四间冰期》(*Dai-Yon Kampyoki*，1959)在1970年得到了英译。其他创作过科幻作品的主流作家还有井上厦、椎名诚，尤其是村上春树，村上有两部科幻长篇小说被翻译成了英文。

第一届日本科幻大会于1962年召开（1983年大阪第四次举办的日本科幻大会约有4 000人参加）。1970年星云赏设立（相当于日本的雨果奖）。1978年，石川乔司在东京大学开设了第一门科幻课程。1989年，罗伯特·马修出版了《日本科幻小说：观察变化中的社会》（*Japanese Science Fiction: A View of a Changing Society*）。阿波斯托洛指出，日本主要的科幻作家都经历过第二次世界大战与美军占领时期，“他们的作品中常常提及那段艰难时期”，但是，他接着说，“富有独创性与天赋的人们并不满足于模仿美国和英国作家的作品”。

受到美国影响的同时又有本国的特质，这是国际科幻的一体两面。在日本，这种两面性表现得最为明显。

（万年看客　译）

日本的海因莱因

小松左京（Sakyo Komatsu）被许多日本读者认为是日本科幻作家中的佼佼者。由于他是许多科幻迷眼中的日本科幻的象征，所以他也被尊称为“日本的海因莱因”，不过从作品的形态与多样性来看，他也很像阿西莫夫。当然，这些称号很可能会激怒小松，因为当年 H. G. 威尔斯就曾因为自己被人称为“英国的儒勒·凡尔纳”而大动肝火。他抱怨说，他那个时代的评论家们总爱检查每个新作家是否具备其他作家的灵魂，就像检查转世灵童是否具备上一代活佛的灵魂那样。小松左京有自己的灵魂。

小松左京毕业于京都大学，做过工厂经理、喜剧作家等各种工作。和海因莱因一样，他在而立之年开始了科幻创作，于 1961 年发表了第一部短篇小说《在大地上建立和平》。这篇小说后来得到了日本最负盛名的文学奖的提名，并被其用作 1963 年出版的自选文集的标题，小松左京的科幻事业由此开始。他出版了数部长篇小说，包括《复活之日》（1964）、《日本阿帕奇族》（1964）、《无尽长河的尽头》（1966）、《继承者是谁？》（1970）、《再见，朱庇特》（1982）、

《首都消失》(1985)、《虚无回廊》(1987)。

不过，小松左京最著名的长篇小说还要数《日本沉没》(1973)，这部小说被拍摄成同名电影，并以《日本淹没》(*Submersion of Japan*)为名以英语上映，后来又上映了更名为《潮汐》(*Tidal Wave*)的改编版电影。和安部公房的《第四间冰期》一样，这部作品也讲述了日本在一年内滑入日本海沟被淹没的过程，但是安部公房的小说着重描写了生活在水下的准备工作以及日本人对于这种准备工作的反应。而小松左京的小说，按照柴野拓美和约翰·克卢特在《科幻小说百科全书》中的说法，是“一曲悼念日本脆弱的实体与文化的哀恸挽歌：故事当中没有英雄或反派，我们关注的焦点是这个国家的死亡过程”。这部小说在日本销售了400万册，并被翻译成多种语言。

小松左京也是一位多产的散文家和国际问题评论家。1977年，他在《日本文化的死角》一书中探究了日本文化，并为《H. G. 威尔斯与现代科幻小说》一书撰写了《H. G. 威尔斯与日本科幻》一文。1983年，他与加藤秀俊(Hidetoshi Kato)合著了《未来科技与人类社会》(*Future Technology and Human Society*)一书。1985年，他出版了一本关于历史与批评的散文集《阅读与叙事的乐趣》(*The Pleasure of Reading and Narrating*)。他还出版了悬疑小说、侦探小说、游记等作品。1970年，他在日本组织了第一届“国际科幻研讨会”。

不过，他写的科幻小说主要还是涉及一些重大的问题。弗兰克·H. 塔克在《圣詹姆斯科幻作家指南》中评价说：“重大灾难与天灾人祸是小松左京科幻小说的主要命题，因此他可以与那些思考过‘已知文明的终结’、地球毁灭或者人类灭亡的科幻作家相提并论。所有这些主题都为作家提供了绝佳的机会来探讨国家、人性和命运的本质。对于这种挑战，小松左京应对得十分自如。”

（万年看客　译）

选择未来

［日本］小松左京 著

［日本］田村秀郎、［美国］格拉妮娅·戴维斯 英译

起初，他以为自己一直在按照指示沿街行走，但当徘徊在错综复杂的小巷和偏僻的街道之间时，他似乎错过了沿途某个地标。现在他迷路了。

既然想不出别的出口，他决定离开肮脏混乱的后街，回到主街，在那里他可以从头再来。但他刚一抬脚，地标就出现了。

可他面前的店铺看起来和别人告诉他的完全不同。那人描述说，这里经营水下游泳器材，但这显然是一家二手商店，里面摆满了老式机器人和现在几乎被认为是古董的平面电视机。

不管怎样，他还是决定和店里的那位老人谈谈，那人似乎就是店主。

“我可以做个选择吗？”

老人头发油亮，无疑是顶假发，他把暗淡无光的眼睛从正在观看的立体电视上转过来。他的一只眼睛是灰白色电子玻璃眼，怪异地斜向一侧。

“有人介绍吗？”年迈的店主冷冷地问。

他从口袋里掏出一张纸，上面有一个奇怪的标记，这是他从介

绍人那里得到的引荐凭证。他还掏出了一张五元纸币。

老店主看了看纸上的标记，而后把它放在一台类似支票检测仪的机器下面，又把那张五元纸币放进口袋，站起身打开房间尽头的门。

“请……”老店主努努嘴，给他指了路。

“你在改造商店吗？”他问，“我听说这是一家水下游泳器材店。”

“哦，那个嘛！街区的另一边还有个入口，”老店主解释道，“就在下一个街区对面——所以你是误打误撞来到这里的，但进了商店都一样。”

门后是向下延伸的陡峭楼梯。老店主指着楼梯底部的门，说：“就在那扇门里面。下面很黑，但只有一条过道，你要一直往前走——当心脚下。”

他给出这样的警告，完全可以理解，因为如果你仔细查看的话，就会发现楼梯是由建筑工地上用来搭脚手架的次轻量级预制构件做成。他想，这看起来很不结实，哪怕指甲不小心勾住任何突出框架的部分，楼梯都很可能会散架。

墙上没有照明，但天花板上挂着一盏过时的荧光灯。他每走一步，每动一下，楼梯都在摇晃，发出响亮的嘎吱声。楼梯带有轮子，入口是最近才安装的，因此他断定，如果有必要，整个结构可以随时拆除。

他一打开楼梯底部那扇像舱盖似的古怪铁门，就闻到了周围令人讨厌的潮湿空气的味道。他猜想，某处一定隐藏着一台正在工作的离子空气净化器，但即使这样，这个地方也骗不了他，因为他闻到了下水道的气息，尽管地上铺了红地毯，墙壁颜色淡雅、非常悦目。从地板的触感来判断，他确信这个过道是预制结构。

他想，这儿闻起来太臭了——但如果真的可以……过道的尽头又是一扇门。敲门时，他觉得自己听到了相机取景器的“咔嗒”声，然后门庄严开启——这扇门显得异常沉重。

门内是一间长方形接待室，仿佛仍是过道的延续。它看起来很像一节老式火车的休息车厢。地板上铺着深绿色地毯，乍一看非常华丽，但家具品味很差，墙上还挂着一台华而不实的三维立体电视。尽管如此，这儿看起来仍像是一个特殊的私人火车包厢。如果他很久以前造访过红灯区，这里会让他想起妓院的待客室。他看着那些家具，闻了闻，轻轻蹙起眉头——他犹豫了片刻，思忖着是否要在一张肮脏的椅子上坐下，却又不敢。他还站在椅子旁边时，隔壁房间的门被一个目光呆滞的小个子男人打开了，招呼他进去。“这边请。”

他跟着那人走进隔壁房间，一边在想自己还要穿过多少道门。乍一看，他以为自己来到了刚才穿过的那条过道的尽头，但后来他注意到，在他面前一张大桌子另一边的墙上又有三扇门。仔细观察一下，他发现每扇门的顶部似乎都是某种显示屏。

“请坐。”那个神情呆滞的小个子男人对他说，声音跟刚才一样含混不清。

他面朝桌子在椅子上坐下，以为会看到一位办公室经理从其中一扇门内走出，但没有一扇门打开。相反，带他进来的那个神情茫然的小个子男人绕过桌子，舒适地坐在了椅子上。

“有人给你做过……介绍吗？”小个子男人表情空洞——部分原因是由于他那双灰白的眼睛明显向内斜视。

当他提到自己在酒吧认识的那个陌生人的代号时——他从那人处听说了这个地方，小个子男人懒洋洋地点了点头。

“我明白了——看来没问题。是的，他是我一个值得信赖的朋友。”小个子男人说，“顺便问一下……你准备在这里付清全部费用吗？”

“是啊，我把钱带来了，”他说，“二百五十万，对不对？”

“支票还是现金？”

“现金——小面额现金。”

“很好，”小个子男人点点头，但却阻止他从口袋里掏出钱包，“不，现在没有必要，你可以稍后再付。这么一大笔钱，你应该在确实要行动时再交。”

他认为这不过是这个寒酸之人故意做出的一种姿态——但当然没有必要急于付款，于是他把手从口袋里抽了出来。

“嗯……”小个子男人双手托着下巴，狡黠地看了他一眼，“对于这件事，你了解多少？”

“我听说，一个人可以选择自己的未来，或是类似的事。”

“就这些吗？”

“嗯——就这些……”

小个子男人站起身，一只手摩挲着脑袋，同时咬着指甲。“这有些困难，”他说，“我不知道你到底在想什么，但这不会像你想得那么玄幻。它只会对你即将到来的生活产生微妙的影响。这并不是什么令人兴奋的发现，因为未来的发生纯属偶然。”

“不管怎样，你可以……给我解释一下吗？”他急切地说。事实上，这个小个子男人不情不愿的态度激起了他的好奇心——尽管这也许是个骗局。

“既然这样，那我就实话实说吧。我——还有我的搭档——并不是当今这个世界的人。”

“那你们是……”在开口之前，他不得不做了个艰难的吞咽动作，“你该不会是……？”

“是的，你说对了。可以这么说，我们来自未来。我们进行时间旅行，以那个世界的逃犯，或者时间之旅管理法违反者的身份。”

他目不转睛地盯着小个子男人，不知道自己刚才听到的究竟是不是真的。从外表来看，除了说话含混不清和举止粗俗外，他和我们没有什么明显的不同。

“然后呢？”他催促道。

“因此，通过在这个世界上创造一种功能更强大、输送能力更持久的时间旅行装置，我们可以飞到一个超出我们时间管理当局所控制的时间和地点。我们会一下子消失在错综复杂的时间网络之中。”

“稍等片刻！”他打断小个子男人的话，“你为什么会惹上麻烦……？”

“不管我怎么解释，你都无法理解时间旅行的严格规定。”小个子男人忧伤地摇了摇头，“为了获得许可，我们必须办理各种繁琐的手续，而且需要通过最严格的检查。最重要的是，我们必须始终与时间旅行管理部门的官员保持联系。在我们的社会，单独进行个人时间旅行是头等罪行。”

“好吧，这就够了，”他点点头，“我不理解你们的社会规范。那些生活在无车时代的人永远也无法理解在高速公路上超速行驶是一种犯罪。但是，利用你们的时间装置——可以选择一个人的未来？”

“哦，不，不完全是这样。严格来说，这是通过使用该装置的某些功能来实现的——只需要时空隧道选择器和时光镜。”

“我没明白你的意思。”

“如果你不了解时间旅行的基本原理，是很难向你解释清楚的。无论如何，我们不能随便使用该装置的驱动能量。简而言之，我们承担不起把你塞进机器送去未来或过去世界的后果。如果我们那么干了，该装置运转中产生的冲击波会引起时间巡逻队的注意。”

“我明白了。然后呢……？”

“因而我们可以使用时空隧道。也就是说，我们只需将多维空间的一部分看作一个整体——这样就没有什么困难了。”

“你能不能解释得更简单一些？”他说，感觉有些恼火，“这跟我对未来的选择究竟有什么关系呢？”

“这和人们为什么可以穿越时空有关，”小个子男人带着一丝同情的微笑说，“恐怕任何解释你都无法理解，所以我会用更具象征意义的方式来说明。你知道吗，我们的世界和历史并不是唯一的可能，过去和未来都有无限的可能性并存。”

“不……我不知道，”他闪烁其词，“但我想，我以前听过类似的话，从某种程度上说，构想出这样一个主意并非不可能。”

“你看，这类似于非欧几里得的几何理论，你可以画出无数条直线，使其平行于一条经过某点的直线——可它们并不在这条线上。因此，在时间旅行的早期，发生过很多事故，旅行者们在去往未来或过去之后没有返回出发时的时空点。举个例子，假设你从 P 点出发，去往未来中的某个 A 点，这个从 P 点延伸出的 A 点并不是唯一的可能性，未来还有 A_2、A_3、A_4 等无数的可能性。总之，你去了其中一个未来的 A 点，但当你试图从时光梯道下行到过去、返回起点时，你往往会发现自己做不到，因为从 A 点回到过去的路线也被分为了无数的 P_2、P_3……直到 P_n。”

“我明白了，”他假装听懂了，露出厌烦的表情，“那又怎样？”

“为了避免这种迷宫效应，我们发明了时空通道选择器，它利用的是一种共振现象。通过利用 A 点和 P 点之间的时空共振，沿着共振通道驱动时间装置，你可以从 P 旅行到 A，再从 A 返回 P，而不会迷路。但是，你无法用这种方法进入那些散布在无数分支上的未来或过去世界——你只能访问共振结合处的几个通道，这取决于振荡器的功率。振荡器的功率越大，你可以进入的通道就越多。我们的时间装置只有三个通道。”

他终于开始有点明白了。“因此，”他说，“我可以选择自己的未来。是这样吗？”

“是的，在一定程度上可以这样说，”小个子男人点点头，“这个通道选择器将为你指明一个路径，从这个时点、这个世界的这个房间，通向未来三个可能的方向。但这只是给你指出一个方向，因而你对未来的选择不会马上实现。你可以在我们提供的未来世界中做出选择，我们会把你送入你选的通道。从那时起，在我们可以进入的所有可能的未来世界中，你、你周围的环境，以及整个世界的历史，都将朝着某个特定的方向发展。”

“换句话说……”他有些语塞，“这个房间有三条通往不同未来的通道，是吗？”

“正是这样，”小个子男人往他身后指了指，“那三扇门后面装了一个振荡器，一旦你穿过其中一个通道之门，就会进入一个时空世界，有一个明确方向通往它的未来。”

“这三个未来世界是什么样的？我能提前了解一下吗？”他身体前倾，感到自己的声音因激动而开始颤抖。

“请稍等……”小个子男人把手伸到桌子底下，“我将操纵各个通道的时光镜，向你稍稍展示一下未来世界。”

房间突然变黑了。那三扇门顶部的显示面板开始发出幽淡的亮光。“从右边开始，是一、二和三号历史路线，”小个子男人说，“那就从一号开始……”最右边那扇门的面板比之前更亮了。“门的顶部是时光镜……”

有什么东西在光线中移动，然后慢慢成形——就像一台三维立体彩色电视机，他想。

屏幕上出现的场景是一座正以惊人的速度热火朝天建设着的未来之城。气泡穹顶之下是形状各异的建筑物：圆锥形、蜂巢状、圆柱体和球形——它们本身就是城市，彼此之间通过管道相连，就像蜘蛛网一般。

在没有任何可见装置辅助的情况下，人们自己在空中飞来飞去——也许使用了重力控制装置——还有一个巨大的火箭，也是一座城市，正在驶往一颗行星或恒星。工厂、建筑物和人造土地遍布地球表面，大量人造卫星城市在环绕地球运行。

“看够了吗？”小个子男人问。

“好吧，”他喃喃道，“请展示第二条路线……”

第二扇门上的面板开始发亮。这是一幅复古风格的场景。这座城市的设计比第一个场景简单得多，建筑物并没有高耸入云，而是和谐地分布在风景优美的自然之中。大地之上，宽阔的道路纵横交错，道路两旁点缀着美丽的花草树木。设计优雅的汽车在宽阔的路面上缓慢行驶，却不产生废气、噪声和灰尘。

人们的着装也很朴素，但是男人们像阿多尼斯[1]一样英俊，所有的女人都有着仙女般的外表。太阳闪耀着金光，似乎是人造的，气候似乎也由人为控制。尽管大部分机器和设备隐藏在这座城市的典雅外表之下，不过似乎都设计得很协调。城市的外观表明，它已达到历史上最美丽的时刻。

运动会在体育场和游泳池举行，音乐在室外音乐厅连续播放。公共沙龙里正在举行诗歌朗诵，任何路人都可以自由加入。天上白云间，悬着一架装有重力控制装置的天鹅形飞机，像一只水鸟漂浮在湖面上……

“古典艺术的和谐之美……”他喃喃道，“他们肯定做了一些大胆的人为改造。”

“下一个——我可以开始吗？”小个子男人问。

“请吧……”他答道。

第三扇门板上的屏幕有一阵子没亮起来——但感觉有什么东西

1. 希腊神话中一位掌管植物生死的俊美之神。

在昏暗的灯光后匆忙移动。不久，屏幕上出现了一座城市，茫然的人们东奔西走。在他看来，这座城市的面貌与当今世界没有太大不同。灰尘、烟雾、熙熙攘攘的街道、昏暗肮脏的高楼大厦、已经沦为贫民窟的破败公寓楼……

但城市上空弥漫着一种不安感。人们因莫名的期待而满脸紧张，夹杂着焦虑、烦躁和无奈。突然，在街道拐角处有人抬头看向天空，大声喊叫起来。恐惧的人们立刻把紧张的面孔转向同一个方向。

紧接着，屏幕上闪过一道刺眼的亮光，他不得不转过脸去。光线太强烈了，在他眼中留下一些红红绿绿的模糊影像，他一时别的什么也看不见。

“就这些吗？”他问道。

“不，还没完，还有一些，”小个子男人的声音从他身边的黑暗中传来，“好戏马上开始。”

起初，他看不出那是什么，就像是一个巨大的黑色污点。过了一阵子，他才意识到那其实是一个巨大的黑洞，覆盖了整座城市。烧焦的黑洞周围都是废墟——看起来就像一堆堆熔化的玻璃，绵延数英里，甚至远处的群山也变成了成堆的熔岩。在方圆几百英里的火山口内，没有花草树木，甚至可能连细菌也没有存活下来，更别提鸟类和动物了。该地区所有生命迹象都消失了。红褐色的放射性尘埃云挂在高空，随风飘荡。

海啸在各处肆虐，千千万万的台风横扫一切。没有任何人类幸存的迹象，好像他们从来就没有存在过。他们似乎已经变成了一堆碳，或轻飘飘的灰烬，其中大多数肯定正飘浮在空中，成了一团致命的放射性物质。

灯亮了，屏幕上的图像随即消失。

“可以了，”小个子男人以他一贯冷漠、单调的声音说，“这就是我们的时空通道选择器可以连通的三种可能的未来。无论你想要哪一种——请做出选择吧。”

“我有个问题，”他说，声音有些沙哑，“刚刚在你称作时光镜的屏幕上看到的那个时代，在时间上距离现在有多远？”

“这三种未来，距离现在的时间几乎相同。它们并不是多么遥远的未来。这个时光镜所涵盖的时间范围不尽相同，但大致介于未来几年到十几年之间——可能最多也就涵盖未来二十年吧。”

“还有一件事，”他说，“我还能回来吗？”

“恐怕不能。要想回到这个世界，你需要一个时间装置，”小个子男人边说边轻轻打了个哈欠，“好啦，现在请你做出选择……”

他想了一下，然后说：“二号似乎是个不错的选择。”

“那么，我们要向你收取固定的费用，”小个子男人说，“你也许认为这是很大一笔钱，但是你可以把它视作对未来世界自由主义者的一种捐赠——用以帮助他们逃离。”

他掏出鼓鼓囊囊的钱包，向小个子男人支付了应付的金额。

“我现在就去打开第二条通道的大门……”小个子男人把钱放进一个抽屉，站起身来，“在你选择了自己的未来之后，还有一些事，我们希望你有所了解。”

他感觉自己的额头冷汗涔涔。他用手背擦了擦，又依次打量那三扇门，仔细比较着。

“正如我多次告诉你的那样，这只会给你的未来指出一个方向，但你不会马上被送到你刚刚在屏幕上看到的未来世界。你看，我们必须确保你没有误解这一点。因此，这扇门后面的世界与你眼下所处的当今世界没有任何不同。你的日常生活、这个城市、家庭和朋友，所有这些都会和这个世界完全相同。但未来当然会发生一些变化，随着时间的推移，它会变得不同于所有其他世界，也肯定会朝着你刚刚看到的未来发展……”

“恕我冒昧……”他支吾着，声音很小。

“而且你必须答应我们一件事。对于你来自这个世界，并在这里见过我们这个事实，我们希望你在另一边的世界闭口不谈。如果你把详情讲出去，虽不会对你造成什么伤害，却也不会给你带来任何好处，但如果有哪个时光巡逻员偷偷混在那个时代的人当中，知晓了这次行动，那我们必定会惹上麻烦。请你答应我，这事一个字也不要提，好吗？接下来……”

“请稍等……”他说，“我还能改变自己的选择吗？”

“噢，我想你可以，不过……”

“让我再看看这三个未来的世界，好吗？”

小个子男人重又打开机器。看着三个门板上同时出现的场景，他使劲咽了口唾液。

“好吧，”他痛苦地说，“我决定了，就选三号。”

“你是说三号吗？”小个子男人的回应有些惊讶，“这是一个奇怪的选择。如你所见，这只是……”

“我知道，”他答道，一边擦去脸上的冷汗，“另外两种未来很容易预测，即使我不花费一大笔钱去努力创造，也迟早会实现。”

“第三个很可能也一样，你不觉得吗？”

“不……”他痛苦地清了清嗓子，“与其生活在一个大毁灭随时有可能发生的不确定世界里，我认为还是生活在一个大毁灭肯定会发生的世界更令我心安。更重要的是，我觉得这样的未来没有那么容易通过其他方式来获得。一个我有生之年肯定会看到其毁灭的世界——这样一个世界……”

“随你的便……”小个子男人耸耸肩，“很多客户说过同样的话。那么请你到三号门前来吧。”

他朝三号门走去，感觉口干舌燥。

一想到自己正在迈出这么不可挽回的一步，他全身都紧绷起来。回去！内心有个声音喊道。你做的选择多么愚蠢！现在还不算太晚。回去！

他的整个身体——每一个活着的细胞，都在竭力抗拒必然会给他带来死亡的选择。尽管如此，他仍然站在第三扇门前，紧张地搓着双手。现在，他全身都被汗水浸透了。

“现在请吧……”小个子男人用一种冷冷的声音说，“门那边是一条通道。当你进入时空通道时，可能会感到有些不适，但我向你保证，那并不是无法忍受的。一直往前走。在通道的尽头还有一扇门，门的另一边是一个房间，和现在这个一模一样。外观是一样的——但不再是这个世界了。你在那边不会有什么麻烦。你将过上和这个世界同样的、你一直在过的生活。也就是说……暂时会这样。好吧，祝你好运。”

伴随着轻微的吱呀声，门开了。他颤抖着，像发高烧一样，走向展现在眼前的黑暗——仿佛被一根无形的绳子牵拉着。

回去！这样的话仍然回荡在他体内某个地方，可他继续往前走。他没有意识到自己何时穿过了入口，但他突然听到门在身后“砰”的一声关上了，现在，他完全处于黑暗之中了。他在黑暗中疯狂摸索着，回头望了望他刚才进入的那扇门。

但周围一片漆黑，他甚至不知道这个地方有多大。他开始一步一步慢慢挪动。通道是一个向下倾斜的缓坡。他走着走着，过道的地板骤然变得同果冻一般柔软。这太突然了，他失去平衡，撞在了墙上。他感觉周围有奇异的震动，一阵头痛和眩晕使他忍不住感到恶心。

他感觉黑暗开始在他周围旋转，但他咬紧牙关继续行走，尽管在他努力前行时常常失去平衡，不时地磕磕碰碰。

当他终于恢复清醒时，他正靠在一个冰冷的物体上。他用手摸了摸，好像是一扇铁门。他终于走到了通道的尽头。

他按照被告知的次数敲了敲门，门无声无息地开了，有那么一阵子，他什么也看不见，因为房间里充满刺眼的光线，他只好摇摇晃晃地站在那里。门的另一边，正如小个子男人告诉他的那样，是一个看上去与之前那个一模一样的房间。

起初，他误以为自己回到了原来的房间，但很快就意识到这个房间属于另外一边的世界，因为这个房间只有一扇门，而先前他刚刚离开的那个房间有三扇门。

“欢迎来到这个世界……”一个小个子男人说道——实际上不是同一个小个子男人了，而是属于这个世界的小个子男人——但声音与原先那个一样沉闷。“这是出口，请吧。”

“在我离开之前，我想问你一件事，”他最终有些吃力地说，“我刚从另一边的世界过来。如果真是这样的话，那么，原本在这个世界上的另一个‘我’和现在的我之间将是什么关系呢？我们会不会发生冲突？”

“哦，没关系的，别担心……”小个子男人有些厌烦，“如果非让我解释，那说来话就长了，但不管怎样，我们已经通过一种方法把属于这个世界的另一个‘你’送入了你以前生活的那个世界。”

“可你是如何……”

“这是出口，请吧。”小个子男人说，“再见。”

他意识到，再也没有机会得到进一步解释了，于是毫无异议地离开了房间。同样的过道，同样的楼梯和二手店——他穿过所有这些地方，来到了他之前走过的、同样脏乱的后街。

这个地方和他刚刚经过的一模一样。现场的每一处细节都相同，甚至连围墙上的涂鸦和天空中云层的厚度也是一样的。

但……他知道，这个世界注定会在某个时刻被一场不可避免的大毁灭与其未来隔绝。这个事实只有他——还有那些从三扇门之中选择了三号门的人知道。这个秘密是大多数人做梦也想不到的事情。

我是唯一一个，他一边抬头看着城市被污染的天空，一边自言自语。除了我，没有人确切地知道这个世界的命运。再过几年，或者十年以后—我将看到这座城市上空那耀眼的闪光，一切都将终结。这是多么确凿无疑！

与那两扇门之后的另外两个世界不同，这个世界在那之后是没有未来的。不会有冗长乏味的岁月被记录为日常生活的无限重复。从这个角度来看，这座城市的每个角落：散乱的垃圾、流着鼻涕的顽童、四处游荡的流浪狗，甚至是闪烁的招牌，一切都笼罩着悲惨的色调。在他眼里，它们仿佛是由死亡和毁灭鲜明生动的线条所勾勒出来的。十年来，他第一次感到内心充盈着清晰、快活和悲剧性的满足感。

他迈着稳健的步子，开始朝着市里一个地方走去。这座城市一无所知——但正在痛苦地走向那不可避免的未来大毁灭……他的未来。

“我们发财了，我的朋友。”说着，小个子男人从桌内拿出一本现金分类账，“现在接近十亿了。我们还要继续吗？”

“当然，”另一个人——他的朋友说道，“我们的老板对这个结果也很满意。不管如何，没有比这更赚钱的骗局了，对吧？时间装置和时间通道……编造出这样的故事，我们不是很聪明嘛！我们可以利用下水道的一根管子，万一遇到麻烦，就溜之大吉。但我相信，在相当长的一段时间内都不会有问题。”

“没错，”小个子男人含混不清地说，“我们的客户会一天天多起来，如果坚持这种方法，没有人会怀疑我们。既然每个人都相信自己在另一个世界，那就不会有人开口。最重要的是，如果他们试图把这样的经历讲出去，他们恐怕会被看作十足的疯子。”

“时空通道……”他的同伴轻声笑着说，“仅仅用没有什么特殊价值的普通门板，和老套的科幻影片——你不觉得这样很酷吗？让他们神气活现地走进门。他们一来到隔壁的小房间，就用麻醉气体和震动装置把他们弄得晕晕乎乎，等他们从同一扇门出来，我们确保他们认为自己身处另一个世界。你知道，人总是如此可笑。当他们进入下一个房间时，我们让他们看到三扇门；当他们出来时，我们用帘子把其中两扇门遮挡起来，只需要这样他们就相信自己进入了另一个房间。没有人怀疑或想要查看房间。”

“但是，我的朋友，”小个子男人压低声音说，“有件事让我有些苦恼——”

“我们的老板说，他要在世界各地建立更多的分店，”他的朋友傲气十足地说，“只要有顾客，我们就能赚钱。全球已经有四百家‘门店’，将来还会有更多。你有什么可苦恼的？”

“前几天，我在总部看了一下统计数据，”小个子男人皱着眉头说，“一个接一个，大多数顾客都选择了三号门。这是为什么？这里也是一样——片刻犹豫后，几乎每个人都会选择三号。”

“这说明，与预期相反，人类有着强烈的毁灭意愿，”他的朋友笑着说，“尽管他们一开口就谈论和平与人道主义，但在他们心里——有意识或无意识地——他们都想目睹世界的终结——最后的惊人毁灭，而不是单调乏味的繁荣，且最好是自己能与其他人一起消失而不受痛苦。在某种程度上，人类是非常卑鄙的。他们忍不住想要偷窥。为了满足这种隐秘的偷窥欲望，他们不在乎世界是否会毁灭。所以他们就是这样——但是没关系。要过很久很久，他们才能最终意识到自己被骗了。大概十年内都不会，对不对？”

“但是，我的朋友啊，”小个子男人用空洞的声音说，“仅仅在我们店，就有几千人从三号门走了出去。在未来几年，如果这样的人按此速度增长，世界将会怎样？如果相信这个世界必然会在十几年内完蛋的人在全球大量增长……？你知道，我们的顾客当中有很多政府官员、高级职员、政客……”

（刘小落　译）

从西方垃圾到日本折纸

如果矢野徹（Yano Tetsu）当初没有在战后美军基地丢弃的垃圾中发现了美国科幻书刊，日本科幻小说的发展也许会大不相同。矢野徹1923年出生于爱媛县松山市，在工业港口城市神户长大。他在中央大学就读了三年，之后应征入伍，加入第二次世界大战时期的日本陆军。他服役了两年，担任坦克指挥官。

战后，矢野徹在美军基地做了一份收集与焚烧废弃物的工作。他在垃圾堆里发现了一些军方刊印的科幻小说，并且爱上了这些小说的封面和插图。通过研究这些书刊，他学会了阅读英语，从此发现了一个与自己所熟悉的世界截然不同的世界。这个新世界对于未来充满了乐观的态度，以至于他觉得有必要与他人分享。

矢野徹在20世纪40年代末开始为日本读者翻译美国科幻。到了20世纪50年代初，他已为日本引进了一种牢牢吸引读者与作家想象力的文学形式。当时的日本正在从全面战争与核浩劫的蹂躏中恢复过来。日本人民如果想要重建，就必须意识到未来的丰富可能。矢野徹翻译了许多罗伯特·A. 海因莱因的作品，西奥多·斯特金（Theodore Sturgeon）的《超人类》（*More Than Human*），弗兰克·赫伯特的《沙丘》系列，弗雷德里克·波尔的许多作品，以及一些非科幻小说家的作品。

由于矢野彻的翻译，日本诞生了一个全新的文学体裁。这一体裁启发了日本年轻的科幻作家，如光濑龙、小松左京、星新一等人。反过来，这些人又奠定了科幻作为日本出版业重要组成部分的地位。矢野彻因此被誉为“日本科幻的泰斗”。

但是矢野彻并未就此止步。1953 年，应福莱斯特·阿克曼[1]（Forrest J. Ackerman）的邀请，他成了第一位访问美国的日本科幻作家。20 世纪 50 年代末，他帮助成立了日本科幻作家俱乐部，后来短暂地担任过主席一职，并于 1980 年卸任。他翻译了 360 多本书，也创作了许多长篇和短篇小说以及他本人的自选作品集。和小松左京一样，矢野彻因带领同胞进入了新的世界而被比作海因莱因，也因高产而被比作艾萨克·阿西莫夫。他的长篇小说代表作有被改编成电影的《卡姆伊之剑》（*Kamui no Ken*），以及《地球 0 年》（*Chikyu Reinen*，1969），后者讲述了日本在超级大国间的核战争中幸存了下来，尽管东京不复存在，但日本仍然是少数几个政府尚在运行的国家，而残存的联合国则要求日本向美国西海岸派兵，从而恢复当地的法律与秩序。大卫·刘易斯评论说，这部小说代表了日本人的普遍幻想，也反映了日本人更关注的是“假若发生的事”，而不是“将要发生的事”。

矢野彻还写过另一部长篇小说《纸飞船的传说》（*Origami Uchusen no Densetsu*，1978），本书接下来收录的《纸飞船传说》就取自其中。矢野彻率先将西方科幻小说的意象翻译成了日文，凭着日本人的经验对其加以改造之后又将其还给了西方。

（万年看客　译）

---

1. 作家、编辑、文学经纪人，以及公认的世界头号电影纪念品收藏家。他成立了世界上第一个科幻迷圈子，为包括 H. P. 洛夫克拉夫特、阿西莫夫、约翰·坎贝尔在内的 200 多名作家做过经纪人。

纸飞船传说

［日本］矢野彻

在太平洋战争激战正酣的时期，我被我所在的陆军某部队派遣至某个平静山坳中的村落，在那里度过了数月。我依然能清晰地记得通向村落的小路，以及路边的竹林里那始终飞翔着的纸飞机，还有追逐纸飞机的美丽裸女。许多年后的今天，我仍会禁不住地想，她用纸折的并非这世上的飞机，而是宇宙飞船。在遥远的过去，坠落在那大山深处的宇宙飞船……

1

纸飞机轻轻地滑过地面，穿过青青翠竹的缝隙，掠过落叶堆积腐烂的泥土，乘着白雾形成的气流扶摇直上，越飞越高，越飞越远。

竹林中的雾气越来越浓。山里的暮色总是来得很早。那纸飞机就像是航行在云海中的船只，在雾气中持续飞翔。

逃啊逃，同无所知的卫门一起逃。

流啊流，白头偕老。

女人的歌声在雾气中响起。那纸飞机便像是受到声音催动一般，开始了永无止境的航程。歌声的主人是个赤裸的女人，白皙的胴体穿梭在摇曳的竹林间。

（杀！杀！）

刺耳的尖叫中夹杂着警报的响声。

（把所有人杀光！这是命令！）

（别放一个人上船！有个人跑了！）

（开枪！开枪！）

浓雾中回荡着种种声响，但却无人听见。那仅仅是回响在女人脑海中的声音。

流动的雾气中，丛丛修竹仿佛泼墨山水，在经历了几重浓淡色彩变化后，渐渐没入雾色之中。落叶在女人的脚下发出沙沙的响声。雾气仿佛活物一般追赶着女人，拂过她的双肩，打开了她的视界，让她得以窥见眼前这小小的泥池。

姥入之沼，即辞世之沼。据说对此世再无留恋的老人会到此投身泥沼，了却残生，此沼因之得名。不知为何，投入泥沼之人的尸体从来不会浮起，有人说是沼底有一种叫赤腹的生物吃掉了尸体，也有人说沼底是一条通往海底的隧道，尸体都被冲入了海里。

总而言之，当地的迷信认为，姥入之沼中充斥着死者的亡灵。于是，山里的村民为了抚慰亡灵，在泥沼附近的小空地上垒了许多石堆。他们称其为“赛之河原”，即通往冥界的河流此岸。他们每年都聚集于此，举行祭祀，奉上供养，焚香合掌，祈愿能将祝祷送往冥河彼岸。

传说中，无论你在三途川的此岸搭建了多少石塔，鬼都会将之尽数毁掉。此间的“鬼”，或说是沼中死灵也同样孜孜不倦地毁弃那些石碑。起初，此处也曾有些纪念无名死者的墓碑，但不知从何时起，这里竟变成了一副乱石堆积、复被毁弃的模样。于是，这里成了那些赴死之人最后的栖身之所，而对尚且愿意享受生之欢愉的男男女女而言，也成了绝佳的密会之地。

说起密会，山野村夫之乐无过于此，除此无他。而“姥入”之名也可理解为“就连老妪都爱藏身于此”，围绕此地产生的可怖传说，同样可以认为是那些男女为了方便幽会而刻意编造出来的。

无论如何，因为这些可怖的传说，村里的孩子从不试图接近泥沼。青苔包裹的圆石，雨水浸湿的纸人，刻着难解文字的木札。对孩子而言，这些东西恰恰暗示了幽灵和鬼怪的存在。

唯有一种情况会让孩子们在不觉间接近这片泥沼，那便是在他们追逐玩纸飞机的疯女人阿仙之时。

“哟喂！阿仙又光着身子到处跑呢！”

“唉！阿仙！看这儿！你想要红衣裳，还是白衣裳呀？”

孩子们竞相开口嘲弄阿仙。无论对大人还是孩子，阿仙都不过是个玩物。而阿仙自己的玩物则是那纸折的飞机，像长枪枪头一样尖尖细细的纸飞机。

像乌贼一样的纸飞机。

远处的星星有一颗。

近处的星星有两颗。

她在雾气中唱着，梦着。她梦见自己放飞纸飞机的原因，还有对人类的憎恶……。

疯女人阿仙，夏天始终赤身裸体，冬天也仅着一件浴衣。

2

村里流传着这样一首稚童拍球时唱的童谣：

它若不飞再等等。
它若能飞就不再等。
我始终独自在此等。
青苔的石阶还能不能飞？
远处的星星有一颗。
近处的星星有两颗。

夏天她始终赤身裸体，冬天也仅着一件浴衣。

阿仙永不衰朽的肉体踏着青苔走向了那片泥沼。她的纸飞机飞在前头。从来没人问过，那飞机缘何能飞得这么持久。只要阿仙放飞那纸飞机，它便不会停歇，人们所知的仅此而已。

多数大人对小孩子嘲弄阿仙的行为视而不见，但也不是全然无人制止。

“你们适可而止！都不觉得阿仙可怜吗？”

面对大人的斥责，小孩子会毫无顾忌地顶嘴，坏心眼儿的小鬼甚至会将訾言配上当地跳绳歌的调子反唇相讥。

“源哥迷上了阿仙！源哥昨晚睡了阿仙！”

“别说鬼话了！”

虽然大人们嘴上如此怒斥，但孩子们的说辞其实与事实相去不远。毕竟，昨夜、前夜、前前夜，甚或刚刚，必然都有个村里的男丁与阿仙发生了肉体关系。这一点大家心知肚明。

阿仙……应当是年近四十了。有村民说她的年岁比这还要大得多，但没人相信。从外表上看，她依然是个不出二十的水灵灵的小姑娘。村里的年轻男丁都借由这具身体由男孩长成男人。她是村里的公娼，也是所有人投射优越感的对象。

大人们之所以会保护这个白痴阿仙，还有一重缘由。阿仙是这村中某个颇具声望的旧世家仅剩的独女。在这些世居深山，至今依然信奉犬神的村民心中，世家的家格等级极受重视。而阿仙身为旧世家仅存于世的独女，不仅是个白痴，现又沦为村中所有人的玩物，这令村民们感到一种说不清道不明的优越感。

阿仙的家建在一座能远远望见姥入之沼的小山丘上，比起“建在”，“残存于”似乎更为合适。石阶下的长屋门[1]破败不堪，屋檐上的瓦片摇摇欲坠，从前看门下人烤火的小屋，地板剥离，杂草丛生。

进入大门后便是青苔满布的绵延石阶。不可思议的是，这石阶的中央未被踏平，反而是两侧有些凹陷。据说是因为从前从没有人踩着石阶中央走路。村中有个古老的传说，在世代传唱的除夕夜迎新颂词中，有一节话，说什么“守卫门之清闲讲行石阶中央”，人们不解其中之意，索性在行走时避开这石阶中央。

总之，顺着这段石阶向上走一段，便能看到一片铺满黑色石头的平地。那里有一口古井，井边四根柱子支撑着眼见要塌的棚顶。在这样的深山里，况且还是山顶之上，井中却从来水流不绝。若说

1. 日本传统宅邸中长屋形式的大门。始见于近世大名之家。后通行于家格较高的武士之家。明治之后，富农也开始为宅邸建造长屋门。长屋门两侧一般设有门卫和用人的居所以及工作空间。

附近有高山流水，尚能解释井中水源从何而来，但此处却也无高山。或许是因为这口井的存在违背了物理法则，抑或是因这里曾发生过什么怪事，人们将此井称为“无理之井”。村里的男人在与阿仙行了事后，多会在这清洗身体。

曾有一回，为供奉犬神而群聚至此的村中老妪们聆得神谕，称只要将阿仙沉入井中，她的疯病就会好转。若细想想，这定然是那些嫉妒阿仙美貌的女子为了作弄她而编出的话。但可怜的旧家千金阿仙，就这样在十二年前的某一天被扒光衣服，在众女注视下，被沉到了那口古井里。一小时后，阿仙浑身发紫，失去意识，才被拉了上来。但阿仙的疯病却并未好转。而当初那个喝了供奉犬神的甘酒后醉醺醺地传告神谕的始作俑者，不知是否因为醉得厉害，据说是掉入姥入之沼死掉了。

自那以后，阿仙只要被人扒掉衣服，就会一直赤着身子，若有人给她穿上衣服，她便一直穿着。然而只要入夜，就总有人来扒掉她的衣服，所以天亮后阿仙也总是裸着身子。

无论在男人眼中那胴体是多么美好，被小孩子看见总归不好，所以也就会有人去帮她穿上衣服。此时，阿仙总是乖乖地任人摆布，时而也开心地笑笑，一边低唱童谣，一边折她的纸飞机。

折起一只说声啧。

折起两只道声翻。

折起三只喊声轰。

飞吧，飞吧。

飞到我的星。

然而，神不知鬼不觉间，阿仙的肚子竟大了起来。这在奉神的人群中引起了巨大的骚动。谁也不曾想到，阿仙竟会怀孕。

阿仙腹中的孩子无疑是村中某个男子的。孩子的父亲既可能是尚未婚娶的青年，也可能是有妇之夫。

女人们聚在一起商议起来。大家绞尽脑汁，想叫阿仙千万不要生下这个孩子。但向来痴傻的阿仙，却在此时第一次明确地表达出了自己的意志，着实地将众人吓了一跳。

“阿仙呀，跟我们上城里去看看大夫吧。”

“听我们说，阿仙，就算让你生下了这个孩子，你又养不活他……这孩子多可怜啊。”

阿仙闻言蓦地红了眼眶，眼泪夺眶而出划过她的脸颊。村中妇人还是第一次见到阿仙流泪。

“阿仙……想生宝宝……”

阿仙一边温柔地捧着自己鼓胀的腹部，一边不住地流泪。

见状，那群如苍蝇见血似的涌入阿仙独居之地的妇人终于也忍不住流下了眼泪。

“阿仙啊，你想抱着就抱着，但这孩子，还是不生的好。”

阿仙终于哭累了，又折起她的纸飞机来。

“飞——机，飞——机，飞呀飞。飞到父亲那里去……”

妇人们面面相觑，莫非阿仙怀了孩子，疯病竟也好了？

于是有妇人开口问道：“阿仙，孩子的父亲是谁？”但阿仙并未作答。仔细想想，这也实在是个蠢问题。

阿仙手上的纸飞机终于折好了。那飞机才一离开阿仙的手，便从屋里飞入庭院，然后又飞回屋内。挺着大肚子的阿仙站起身来，那飞机在她身边盘旋片刻，又飞入庭院，阿仙追着纸飞机跑进庭院，边唱着歌边跑下石阶，隐入了竹林之中。

一个满面阴沉的妇人也学着阿仙的样子折起纸飞机，但她的纸飞机离手之后，只飞了一张榻榻米的距离，便落了下来。

“为什么阿仙的纸飞机就能飞得那么好呢？”

另一个妇人摆出一副博闻多识的面孔，说道：“就算是傻子，也总有一点儿长处嘛。”

3

一月鲷鱼。
二月贝。
三月远虑。
四月留客。
留客到何时。
留而复留到六日。
六日的星星看得见。
七颗星星也看得见。
数到八是山野姑娘。
数到九，姑娘哭得惹人怜。
数到十，她在山里安了家。

日子照常过着，阿仙依旧不停放飞她的纸飞机，村里的男人依然不时去找阿仙求欢，妇人们也依然在担心她的身孕。直到某天夜里，一个青年男子踏着阿仙宅邸的石阶跑下来，一边大吼：“生了！阿仙生了！”

阿仙生下了一个男孩儿，取名为“卫门”。因为母亲阿仙是全村男子共用的女人，起初他差点被叫作“阿共”，但接生婆适时地低声插话：“孩子出生的时候阿仙一直喊着 Ei-mon，也不知是什么意思。莫不是那首清闲讲之歌里说的？”

“Ei-mon 啊……”

“不如去问问阿仙，阿仙啊，孩子的名字，你是想叫阿共还是Ei-mon？”

阿仙毫不犹豫地回答道：“Emon。”

一位还记得那首古老迎新颂词的老者附和道：“这名字好。这名字与阿仙宅邸的大门有渊源。”

人们向老人询问此言何意，老人于是写下文字。

“Emon 写出来是‘卫门’二字，即是‘守卫大门’的意思。从前有一首辞旧迎新的颂词，据说只会在阿仙宅邸吟唱。那首颂词里有一段没人能解其意的词句，其中就出现了‘卫门’二字。卫门，Ei-mon，那段话说的是什么‘守卫门之清闲讲行石阶中央，莫上行，都退下’。我也不知道这里说的‘清闲讲’又是什么东西。”

人群中又有一人开口：“这一说，除夕宵祭歌的歌词里也提到了这个卫门。你们瞧……卫门来又死，卫门来又死。卫门从何来，遥远他乡来。酒足饭饱后欲飞天……好像是这样唱的。”

“嗯……这么说来确实是呢。我先时一直以为那歌词里唱的Emon 是‘衣纹’,那句话唱的是‘穿着衣纹死’[1]。原来说的是一个叫卫门的男子来了又死了吗？这人是来守大门的？？这又是什么话？”

宵祭之歌究竟是何含义姑且不论，这远离城区十数里的山坳里，虽不时有野猪黑熊出没，但到底也算是个好地方。

村民们对阿仙之子心怀怜恤之情，发愿共同将他养大。然而卫门却始终不会说话。除了刚降世时发出过健康的啼哭声，卫门此后竟再没发出过声音。

“太可怜了，终归还是犬神大人降下了惩罚啊。一个傻子，又生

1. 原文中“emon”为表音的平假名，此处“卫门”谐音“衣纹”。

了一个聋哑的孩子。”

“早说了不该让她生的。”

阿仙对这些同情视若不见，听若不闻，自顾自地唱着她的摇篮曲：

逃啊逃，同无所知的卫门一起逃。

流啊流，白头偕老。

“这不就是那首清闲讲之歌？卫门的名字就是从这歌谣里取的。”

众人听着这疯女吟唱的摇篮曲，都不禁感到怜悯，不觉间红了眼眶，与她一同吟唱起来。

逃啊逃，同无所知的卫门一起逃。

流啊流，白头偕老。

深山之地希望尽。

油尽讲中皆霜冻。

清闲诸行难奉承。

卫门死去孤身在。

恋恋怀乡泪涟涟。

虽然村民对卫门充满怜悯，但孩子对此无知无觉，径自长大。于是所有人都理所当然地以为卫门是个哑巴，也继承了他母亲的血统，成了个痴呆儿。

然而卫门脑海中却是另一幅情境。只要睁开眼，他便总能听见人们的声音。那声音并不是我们所说的一般意义上的声音。我们所谓的声音、语言，指的是声带发声传到空气中形成的振动。而卫门听到的声音却是伴有画面的有形之声。

譬如有个男子说出“山”这个词来，那字音便会在我们耳边响起。但对卫门而言，在音声传来的同时，他心中便会形成一个模糊的山的图像。这图像会因发声之人不同而略有差别。

“进到山里去”这句日文的发音听起来只有五个音节。但对幼小的卫门而言，这句话却伴有一个模糊的影像，他能感觉到图像中有个或男或女的人抑或是其他的生物，在朝着一座山一般的东西移动。

对纯白如纸的孩童而言，这能力是巨大的负担。所以卫门脑中总是充斥着痛苦和无数杂音。身边的人心好似无数纠缠在一起的万花筒，又像信号混乱的电视机，嘈杂的声音和影像一齐涌入他的意识。

卫门没有发疯或许是个奇迹。就这点来说，他的母亲是阿仙，委实是件幸事。阿仙的心如白纸般纯洁清明，偶尔冒出一两个词语，音声影像都很分明，卫门能清楚地领会其中的意义，并从中习得一些知识。然而周围的人都不知卫门具备这种能力。村中男子依然像往常一样出入阿仙的住处。

终于，卫门的心智达到了蹒跚学步的阶段。那些难以宣之于口的想法，投射成了相对清晰的形状和意义。卫门自己并没意识到，这代表他的读心能力已经发展到了第一阶段。

“卫门啊，给你个烤红薯，去外面玩儿吧，他们说河里来了一头大鲸鱼……”

男人们嘴上说着这样的话，但卫门能凭心智读出他们的想法。尽管每个人的所思所想开始时会有些出入，但最终的落点都是在里屋推倒阿仙，脱掉阿仙的衣服，暴露出阿仙雪白的胴体和乳房。

五岁那一年，卫门突然开口向一个村民发问：“为什么大家都要跟阿仙睡觉？”

或许是因为卫门一直以男村民的视角看待阿仙，不知从何时起，他竟将母亲阿仙视为了一个女人。

“卫门小子，你会说话啊？”

既然这孩子会说话，就不能再让她跟村中公娼阿仙住在一起了。村民们还未无耻至此。

商议之下，村民决定将卫门送到村里唯一的杂货铺里去。

这也意味着卫门要加入到村中孩童的小社会里。然而对于闻言便能解意的卫门而言，同龄孩子的智识与会说人话的鹦鹉无异，全然不配做他的玩伴。而其他孩子则因他是阿仙之子，而视他为人下之人，肆意欺辱。于是卫门的乐趣便只剩阅读村里为数不多的书籍，以及窥视人心这两件事了。

4

我曾盯着阿仙清澈美丽的眼睛，同她讲过一回话。

“你其实只是在装傻，对吧？”

我下此判断，只因她的眼睛过于澄澈美丽。

阿仙没有回答，而是唱起了她折纸飞机时常唱的那首歌。那首疯女的抒情歌。

逃啊逃，同无所知的卫门一起逃。

流啊流，白头偕老。

深山之地希望尽。

油尽讲中皆霜冻。

这当然就是那首清闲讲之歌。但现在我要根据自己的猜测，置换歌词中的一些字，经过这番置换，歌词所暗指的东西与之前截然不同，俨然是一幅宏大图景。

锡兰与卫门一起飞。

飞着飞着坠落了。
在深山里机体尽毁，
宇航图也被烧毁，
星际航行难以为继。
卫门死去孤身在，
恋恋怀乡泪涟涟[1]。

那不可思议的村落究竟坐落何方，如今我已不能十分确定。毋宁说，我也不想确定。不知是否因为这个缘故，我对于那村子的记忆也逐年模糊，仿佛蒙在一层雾气之中。然而那村子的氛围却始终留存在我的记忆之中，很久很久以前，在太平洋战争日本战败前，我曾在那里住过半年之久……

老旧的破卡车每周一次地从距村落四十公里远的河川下游颠簸上山。卡车的停靠点是被村民们当作聊天之所的杂货铺前。杂货铺旁的房子是村中青年男女的寻欢之所。欢场的主人是年过六旬的阿竹婆。她身材高大、皮肤黝黑，据说从前曾在远方大城市的风月场所做过营生。无论真假，她对这些来欢场寻乐的青年是十分热情的。

此间的夏季傍晚十分热闹。就连小孩子都会坐到屋宇廊边，甩着小腿加入青年的游乐之中，孩子们会唱跳绳歌、拍皮球，到了薄暮时分，聚集的人群便会发生轮换，幼童们回家去了，取而代之的是形形色色的女人，从豆蔻年华的少女到孀居的寡妇，都会趁着夜色到此寻求刺激的欢愉。

有妇之夫和有夫之妇们不会到这儿来，这是此处不成文的规矩。但青年男女星夜偷欢却是公开的秘密。此处与大城市的欢场不同，

1. 此处置换汉字用了多个双关语，大意为人名“锡兰”谐音“不知道”，“偕老”谐音“坠落”，“讲中皆霜冻”谐音“宇航图也被烧毁”，“清闲讲行”这个没意义的词谐音“星际航行”。

在夜色掩映下赤身交媾就是欢愉的高潮。

在没有任何其他乐趣可言的深山里，这就是唯一的娱乐。年轻姑娘们压低的笑声，扯乱的汗湿浴衣，被触碰时的含羞容色，房中充斥的酸甜气息，都令人心醉不已。

偶尔会有好事的登徒子来到长廊下，远远地打开手电筒往屋子里照。这时就会看见姑娘们娇声尖叫着扯紧衣领，用浴衣遮住大腿。

有人为了缓解尴尬的气氛而故意扬声询问：

“阿里，你家儿子也到了来这儿玩的年纪了吧。”

“说什么呢。”

“他已经经人事儿啦？”

“怎么会！不可能！他才十二岁。”

“你在这个年纪的时候，早已经经人事儿了吧。”

“你这，别瞎说！”

这番话逗得某个小姑娘笑出了声。尽管发育状况良好，终归还是个小学六年级的孩子，那笑声多少有些作态。一个青年伸手去摸她，小姑娘便猛地倒吸了一口气。

“是吧。也该到时候了，再不上心该染上坏习惯了。我劝你趁早拜托阿仙教教他。”

“是啊，明儿我就给他打扮打扮送过去。”

闻言，屋里的男子出了声。

“阿盘啊，晚啦。晚啦。”

“你说什么？”

“如果是说你家阿源那小子，他早就已经去过阿仙那里了。事儿都过去一个月了，也就只有你这当妈的还不知道。”

“嚯，我还真不知道。”

这个尚不满三十的寡妇是个人所共知的老好人，不觉就说出了自己的真心话："说真的，要是有个男版阿仙就好了。卫门年纪又太小了。"

边上的青年听了这话，调侃着说："怎么着阿盘，我们这些人还不够你用的了？"

"说什么呢，你这个人！"寡妇一边惺惺作态地埋怨着，一边朝青年扭了扭屁股。

卫门就站在人群附近听着这些话，也间或窥探一下众人暗地里蠢动的心。

（要是把她肚子弄大可就麻烦了。找这丫头当老婆可太亏了……这种水性杨花的货色我受够了。）（这人也太大了。肯定会疼的。要是他硬要用强可怎么办？）

（究竟是谁带我家小子去的阿仙那儿？难不成是孩子自己去的？明儿就让他给我去割草干活儿。什么呀这小子，连老子都忍着呢，他倒先去了。）

日夜浸淫在这些乐天知命却又猥琐下流的村人脑海里，卫门的读心能力渐渐增强。如今他能无比清晰地读取村人的想法，就像在画展上观览画作一样。就这样，他对村民的了解也与日俱增。

令人难解的是，唯有他的母亲阿仙是个例外。曾几何时，卫门觉得自己几乎就能窥见母亲的想法了，但如今却越发不能。或许是傻子的心智里就没有正常的人类思维。村民的想法就像清空里的白云，轻易便能洞察。但阿仙的心却蒙着一层白雾，白雾掩盖下的一切都难以窥测。

那里既无言辞也无形状。只有在被男人求欢的时候，才有一抹类似恐惧的情绪以色彩的形式飘浮在那儿。而当卫门试图窥探阿仙的内心时，她总会试图逃离那片色彩。这让她看起来好像始终都处在跟男人交欢的状态之中。

于是卫门放弃了窥探母亲内心的想法，又回到了一边看书一边探视村民内心的生活。

村民们不禁感佩：“这孩子还真是个了不得的书虫。”

“可不。他把我家的书也全读了，真是不可思议，那个阿仙倒生出这么个爱读书的孩子来。”

卫门遍访全村，逐户借书，顺便探视村民的心绪，以此来了解母亲的过去。他想知道阿仙是否打出生就是个傻子。然而全体村民都只知她是个绝户的旧家千金，没有一个人能准确还原出她真正的出身信息。男人们只是痴迷于她美丽的脸庞和胴体，对她本人毫不关心。

不知是否因为智力欠佳，阿仙似乎容颜永驻，肉身不衰，这也正是那些男人们唯一在意和需要的东西。

村中的男人都把她视为尤物，就连小学刚毕业的男孩儿都想了解她的身体。这似乎是村中男丁成人路上的一道仪式。男人们对阿仙产生的欲望和疯狂是卫门所不能理解的。或许这就是这个寂寞的小山村得以留住男丁，生生不息，不致分崩离析的动力所在。美艳动人的阿仙，就是这个没了记忆的娼妇抓住了男人的心，才让他们不致全都跑到大城市里去。

5

幼童们在村中青年面前一边欢快地唱歌一边跳绳，这场景深深地印刻在我的脑海之中，让我回忆起自己的青春时代。而在我心中，那首跳绳歌的歌词也发生了变化：

一月鲷鱼

二月贝

三月远虑

四月留客

只消改一下音节的划分方式，它的意思就变成了：

数到一，机体

数到二，机体

数到三，燃料

数到四，能飞吗

何时才能飞。

终于到了卫门上小学的日子。虽不知缘起，但村中古来就有一份供给阿仙宅邸和其中所居之人的清闲讲之募金。靠着这笔钱，卫门购置了新校服和书包，开开心心地到离村子老远的小学分校去上学了。学校的图书室里有许多可供他阅读的书籍。

从青年的欢场出发，沿着山川向下游走二十分钟，山路旁便会出现一处洼地，小学的校园就建在那里。校园深处是一座小小的校舍。这就是山里的小学分校。

分校的老师是个二十好几的老姑娘，长相丑陋，早在很多年前就已放弃了结婚的念头。她身形比枯木还瘦，脸长得不能更滑稽了。但心地善良，也是全村最富于想象力的一个人。

而且，村中之人不论少长，都将卫门视为人下人，只有这位吉村老师对他平等相待，像爱护其他孩子一样爱护卫门。老师的心智比所有人都来得有趣，她读过许多书，比别人更明事理，脑子里还有好几个极有趣的小说脉络，这些脉络在她的想象里千变万化，灵动的好像是真实的世界。于是卫门开始从早到晚地粘在老师身边。

在村民会里资历颇深的杂货铺主人对老师说：“老师啊，卫门这小孩儿脑子跟正常人不一样。所以啊，太早就春心蠢动不是什么好事……”

“嗯……”

“毕竟是阿仙的亲生儿子，还打小儿就在那种地方长大，看村里年轻人干那事儿，要是他变得像阿仙一样可怎么好，村里姑娘们的肚子可是会被搞大的啊。”

老师羞得满脸通红，反问道：“那您说该怎么办呢？”

“依我看他那么喜欢老师您，您能不能把他带去宿舍那边住？住宿费嘛，就从清闲讲的募金里出。”

“这样啊，我倒是不介意，若是那孩子愿意也好。这孩子也是怪可怜的……”

话音未落，吉村老师便在脑海中幻想出了一幅未来图景——我没结婚，但是收养了卫门这个孩子。我要把他当作亲生的儿子，过不了多久，他就会长到开始犹豫还能否跟我共浴的年纪。跟长大了的卫门过二人世界。他既像情人，又像儿子，我会让他抱我，我会让他要我，我会教他变成男人。毕竟，你是不可能去睡阿仙的啊——老师在心里暗暗幻想着，不经意间羞红了脸。

就这样，卫门跟老师住到一起，过上了一阵快活日子。最令他欢喜的是，别的孩子不再轻视他。另一点可喜之事，便是老师这里同阿仙家不同，不会有男人前来寻欢作乐。

老师回避着所有男性。她的心叫嚣着那些成年男性都是脏东西，冷漠地拒绝所有人。卫门也对此深有同感。但不知为何，对男人深恶痛绝，避而远之的老师心里，却也有着同其他人一样压抑且阴暗的欲望，不时地便会像沸水的蒸汽一样喷涌而出。

这时的吉村老师好像要窒息一般，在榻榻米上痛苦地蜷成一团，紧紧地抱住小卫门。这时，老师的脑海中涌现出赤身裸体的男女交合在一起的巨大影像。她试图驱走这些影像，于是走上前去伸手揪斗，倾身抱住，来回磨蹭，又张大嘴巴试图吞噬。性爱、肉欲，所知的所有与性有关的词汇充斥了老师的意识空间，在那里渐渐膨胀，终于彻底炸裂。

老师重重地喘息着，呓语般地在心中念着。

（不行，那种事是不行的。）

然而这心语很快变了味儿，又成了那个充斥着性爱词汇的气球，这气球越胀越大，朝着阿仙宅邸飞去。老师想象着自己就是阿仙，与前来找她的男子颠鸾倒凤翻云覆雨。她的意识保持着这个状态又平移到了青年的欢所，她被男欢女爱的声音包围其中，终于爆发出来，在黑暗中大声呼喊："我也是个女人啊。"

老师的意识又回到了月光轻泄的房间，她紧紧抱着卫门不住呻吟。

"老师，我喘不上气来了。"

卫门的声音陡然将老师唤醒，但她马上就又跌入了幻想的世界。

"卫门，你何时才能长大？"

老师试着将自己的脸映在心中幻想出的那面镜子里，窥看中她的容貌开始反复变换，她逐一尝试着那些她认为好看的面容，终于选了一个让自己满意的。她枯瘦干瘪的身材也随之凹凸有致地丰腴起来，还换上了一件时髦大胆的服装，优雅的姿态令城里的姑娘都投来了艳羡的眼光。这样的她可以随意挑选自己的共浴对象，倒要为挑花眼而感到烦恼。（什么嘛！汗毛这么重。）老师的气球又胀大了，许久的叹息后，她的身体终于不再紧张，放松下来。身心稍感疲惫之中，幻想与现实重叠，她在爱人怀中深深睡去，徒留一片灰色的空白。

卫门的心中涌出大大的疑问。为什么所有人，包括老师，心里都潜藏着这种肮脏的想法？为什么所有人都对他人的肉体怀有异常的好奇心和欲望？只是卫门并没意识到，他所能窥探到的仅仅是他所想要看到的东西罢了。

人们的欲望。正是那些欲望带来了新的生命，这点我已经明白。那我的父亲又是谁呢？

为了解开这个谜团，卫门继续探视着村民的内心。尽管始终没能找到答案，但在此过程中收集到的碎片信息，却使卫门得以拼凑出母亲阿仙的过往。他开始觉得，母亲是为了逃避什么可怕的过去才躲进了疯子的世界。

举例来说，杂货铺主人的内心是这样说的：

（阿仙宅邸……从前的流言都说阿仙宅邸是个鬼宅。我小的时候，阿仙总是在那里哭……啊，不，从年纪上看，那应当是阿仙的母亲吧，她外公是被杀了，还是怎么着就死了，或许她就是为这个疯的吧。）

欢场的阿竹婆这样说着：

（我听过世的婆婆说，阿仙家以前藏过脑子有问题的外国人。有人说阿仙被那人糟蹋了，也有人说是阿仙把那人杀了……）

砍柴的阿德则是这么说的：

（我爷爷说他是亲眼瞧见的。那时阿仙家里到处是血，全家都被杀了。听说那家人世代都出疯子，阿仙的父亲是，兄弟也是，都疯得不轻。总之阿仙呢，全家被灭门的时候还在那儿拍球呢……你说哪个爷爷？当然是我的爷爷了。哎，话说回来会不会是阿仙的母亲做的？）

源爷爷也知道个古老传闻：

（据说很久很久以前，那所宅子所在的山丘上，降下过一个红色的火柱。打那之后，那家人世代都能生下漂亮的姑娘，但这些姑娘全都不会说话……）

总而言之，很久之前，那宅子里定然发生过极为可怕的事，只有阿仙幸存下来，但是却变成了疯子，沦为了全村人的玩具。

6

都说岁月会淹没记忆，但在我身上，似乎恰恰相反。那个山村里发生过的事，虽像谜团一样尘封至今，但我凭借自己的想象力已猜到一二。为了证实这些猜测，我只能回到事发地，进行调查。

事实上，我至今已数度尝试重回那个山村，但每次快到目的地时就再难继续前进。有几次，我已经到了离村子五六十公里远的地方，却不知为何就掉转方向去了别处。

仿佛心里被施加了催眠暗示一样，我无法靠近那村子。仔细一想，在我的记忆中，那村里除了偶尔经过的小贩，似乎便只有我一个外乡人，对村民而言，我可能也是这几十年间他们见过的唯一一个外乡人。若不是我有日本陆军的背景，他们想必也不会放我进村。而那些土生土长的村民中，有过离乡外出经历的似乎也只有两个人：曾在大城市做过欢场营生的阿竹婆，以及在去师范学校求学时离过村的分校老师。这也着实罕见。是不是也有一股力量控制着他们不能离开村子呢？究竟这个人口不过两百上下的村子，真的处于日本政府的管辖之下吗？

如果说真的有这样一股神秘力量控制着全村，给村民进行集体催眠，那掌控力量的人又是谁呢？是欢场的阿竹婆，还是分校的老师？若这两个人离开村子也是受到某个人的指令，那发号施令的谜之人物又会是谁？这人可以是任何人，有可能是疯女阿仙，当然，就算是砍柴的阿德，或者行为怪异的阿彦也是有可能的。

每到夏日傍晚，我总会回想起在那山村中听到的种种童谣。那些童谣里隐藏的暗示，和村民们所知的村庄历史全然不同。他们说村里人不能离村，是因为这里是从前的平家落人村[1]，但这个夹在梯田里的小山村中流传的古老传说，却没有一样与平家的故事有关。

阿仙宅邸那青苔覆盖的石阶之下，想必隐藏着些什么东西吧？那是许久之前，“无所知的卫门”断念死心放弃了的东西。那或许是“无理之井”的抽水装置？还是那首拍球歌里暗示的东西之一？

青苔的台阶还能不能飞？一个空石阶。

若能起飞就变俩，飞来给你看……。

如果真到了能飞那日，石阶会不会真的打开？或者说，为了能够起飞，石阶是不是必须得打开？——“无所知的卫门”之谜，会永远沉睡在那片土地之下吗？

卫门重拾了已经放弃的挑战，再次尝试读取母亲阿仙的内心。然而阿仙的心依然隐藏在那片诡异的白雾之下。卫门对着眼前的这片白雾，心里怒吼道：

（退散吧！白雾！）

卫门本人并未意识到，这样的做法可以说是向她的母亲施加了一道力量巨大的精神冲击。

不知是因为卫门的读心能力变强了，还是那白雾本身就时聚时散，抑或是经过长期的图像伴生式听力训练，在喊出有意义的词语

1. 平家落人指在日本平安世代末期的源平合战（1180—1185）中败北，隐遁到偏僻地区的平家难民。源平合战是平安贵族源氏与平氏的政权争夺之战。记录源平之争的军记物语《平家物语》被誉为“日本的《伊利亚特》”。

时，卫门已经能够将其化为声波式的物理性力量……总之，遮盖着阿仙心智的迷雾，一时间仿佛被风吹散，趁着雾散的间隙，卫门得以窥见阿仙的真实内心。

那是一片深不见底，仿佛要将人吸纳其中的深渊，但底色却是一片青空。卫门数度窥探，从中拾取阿仙过往的记忆碎片。这些碎片不足以复原出一段完整的往事，脉络也不够清晰，它们显然没有被梳理过，有的只是像破损零件般的关于过去的记忆。

只有一个画面无比清晰：背景是一个损坏的庞然大物，似机械又似建筑；在这个背景下，阿仙被一个男子抱在怀中，这一刻她的心中爱恨苦痛交错纠缠，心绪激荡。

与阿仙有过肉体关系的男子遍及村中少长，但在众多男子之中，只有这一个被深深烙印在阿仙内心深处。

那男子的身量面容和年龄都十分模糊。但他的身形看起来就像海底摇摇晃晃的海草或者幽灵。或许是因为事件发生在一个月光如水的夜晚，他的身体反射着蓝色的光芒。这场景是阿仙的心里仅存的鲜明记忆。

在阿仙的记忆迷雾里出没的其他男子身上，没有任何阿仙主观意志的显现，唯有这个男子身上伴着阿仙强烈且明确的意志。但阿仙为何会把他烙印在了记忆里，其中缘由却无迹可寻。

卫门大抵猜测到，阿仙记忆中的这个男子才是自己的生身之父。

在卫门持续探寻乡民和母亲心智的这段时间里，吉村老师依然徜徉在自己的幻想世界里，抱持着对阿仙的好奇心。

卫门已经习惯被老师抱在怀里睡觉。某天夜里，老师心里那个愿望突然强烈地迸射出来。她想像阿仙一样跟村里随便哪个男人上床。

察觉到的卫门冷不丁地开了口：“你爱怎样就怎样不就好了。”

听到这话的瞬间，那老姑娘惊讶得浑身一抖，朝卫门的屁股上打了一下。

“别说这种肮脏的话，卫门。”

但老师马上意识到卫门的话并不是她所想的意思，于是涨红了脸。

“对不起啊，卫门，你是说梦话了吗？”

老师自觉卫门不可能读取她的心思，于是又自顾自地坠入了幻想世界之中。

卫门不为人知地积累着关于村民们的种种知识。在此过程中，他开始感到除却幼儿，村中所有人都肮脏不堪，而他和母亲阿仙又尤为肮脏。他常会通过男性的意识看到母亲与人交合时的丑态，身为阿仙之子的痛苦与不快渐渐涌上心头。

而阿仙呢，明明终日食不果腹，但身体却益发健康美丽，那美丽的胴体成日地暴露在村民眼前。卫门憎恶她，憎恶村里的所有男丁，那憎恶很快就发展为对全人类的沸腾恨意。

一日，一个上门找阿仙求欢的男子不巧遇见了偶然回家的卫门，被卫门丢来的石头砸了个正着。于是那男人怒斥道：“滚开臭小子！你就是个添乱的杂种！也不看看你这条小命是仗着谁才能活下来！”

那人走后，卫门回到屋里，紧紧盯着母亲令人炫目的迷人胴体，他的身体因怒意而震颤不已。

（我要杀了他，杀了他，杀了他们所有人！）

这时，阿仙朝卫门的方向伸出手，低声呢喃道：“孩子，你要试着去爱人类。若非如此，我们是难以生存下去的……”

卫门扑进母亲怀中，肆意地哭了起来。这是他有生以来头一回伏在母亲的怀里哭泣。

阿仙很快起身，卫门的体验也随之迅速结束。然而卫门禁不住生出这样的疑惑和期待来，或许阿仙神志清明，或许她只是装疯卖傻。可那似乎终归只是疯劲儿暂退的瞬间清明，在那一瞬之后，阿仙痴傻的心就没有了恢复神智的迹象。

对于阿仙的那番话，年纪尚幼的卫门根本未加深思，他对人类的恨意依旧与日俱增，不过同从前相比，他回到阿仙身边的次数多了起来。某天，阿仙罕见地穿好了浴衣。与她并排坐在房檐下眺望山谷的卫门听到了某种不可思议的声音。

那并不是经由声波传来的寻常意义上的声音，也不是以形状或内容的形式传播到他意识里的声音，那是一种意图召唤他的声音。像是一种无形的捉鸟诱饵、套兽绳索。

“你是谁？”

阿仙茫然地看着忽然起身喊话的卫门，脸上忽然显出可怖的神色来。那神色渐渐消失，最后留下了一副凝固的表情。

“你在哪儿？”

卫门又大喊了一句。

阿仙似是被那声音催动，梦游般地站起身来，伸出一只手，指向山的远方。

“在那里呢。”

卫门瞥了阿仙一眼，便跑下石阶，再也没有回头看母亲阿仙一眼。

时间仿佛被瞬间冻结，随后又融化开来。阿仙茫然地走着，不觉间走到了村中的水车小屋里，疯女在小屋里压低了声音啜泣不止。尽管她失去了思考的能力，但身为母亲，果然还是会为与孩子生别而感到悲伤的吧？

远远注意到阿仙的一个村民，堆出一副假笑的嘴脸，走到近前亵玩起阿仙的乳房。

“别哭了，阿仙。你看这样是不是就好了？心情好多了吧。”

然而阿仙看向他的视线却是前所未见的锐利，有一瞬间，这穿着农服的男人竟感到了隐隐的恐惧。但他很快就为自己这愚蠢的想法笑出了声，一边口出污言秽语一边拉过阿仙，把她压在了身下。

疯女阿仙挣开了他的手，清楚地喊道：

“肮脏的人类！像你这种东西，去死吧！”

这声音在水车小屋里反复回荡。

于是，就在年仅九岁而身量看着总有十二三的卫门沿着河边向山的彼岸走去时，这个遭到了阿仙咒骂的男子满脸梦呓的样子，不徐不疾地走到姥入之沼边上，投身泥淖。

而竹林之中白雾又起，纸飞机永无止息地穿梭其中，后面还跟着一个赤身裸体的凝脂美人。

赛之河原边上衰朽不堪的木札里，有一个木札上的文字断续可见——千万年的等待亦不觉苦，恋恋怀想我的母星怎不令人疯狂……

（韶光　译）